STS

山田社

STS

STS

山田STS社

STS

山田STS

出擊！

大作戰！

文法
中階版

吉松由美、西村惠子◎合著

サルでもわかる神業
カミワザ

小菜一碟！猴子也學得會！

日語自學

Step
2

山田社
Shan Tian She

前言

外語學習著重在「活用」，那麼文法有那麼重要嗎？當然重要了，想要聽得懂、說得清楚、讀得對、寫得通，如果沒有真正的瞭解文法，就沒有辦法正確傳達自己的想法，也沒有辦法得到正確的訊息了。

　　基於學習者對「絕對合格！日檢文法系列」的「有可愛插圖、有故事、有幽默、精闢的說明」、「概念清楚，實際運用立即見效」、「例句超生活化，看例句就能記文法」、「文法也能編得這麼有趣、易懂」…如此熱烈好評。更在讀者的積極推崇之下，山田社專為日語初學者設計的文法教戰手冊終於誕生啦！

　　史上最強的中階文法集《出擊！日語文法自學大作戰　中階版　Step 2》，是由多位長年在日本、持續追蹤新日檢的日籍金牌教師執筆編寫而成的，現在就讓日語名師們為您打開日語文法的大門吧！

　　書中不僅搭配東京腔的精質朗讀光碟，還附上三回文法全真模擬測驗。讓您短時間內就能掌握學習方向及重點，節省下數十倍自行摸索的時間。

內容包括：

1. 文法王—說明簡單清楚：在舊制的基礎上，更添增新的文法項目來進行比較，內容最紮實。每個文法項目的接續方式、意義、語氣、適用對象、中譯等等，讓您概念清楚，以精確掌握每項文法的意義。

2. 得分王—考點很明白：本書為初階文法學習書，與新日檢N4考試程度相同。考題中大都會有兩個較難的意思相近的選項。為此，書中精選較常出現、又讓考生傷透腦筋的相近的文法進行比較。而它們之間有哪些微妙的差異，同一用法又有什麼語感上的區別等等，在此為您釐清，讓您短時間內迅速培養應考實力。

3. 故事王─故事一點通：為了徹底打好您文法的基本功，首創文法故事學習法，它將文法跟故事相結合，每一個文法項目，都以可愛的插畫和有趣的旁白來説明，讓您學文法就好像看漫畫一樣。您絕對會有「原來如此」文法真有趣，一點就通的感覺！

4. 例句王─例句靈活實用：學會文法一定要知道怎麼用在句子中！因此，每項文法下面再帶出例句。例句精選該文法項目，會接續的各種詞性、常使用的場合，常配合的中階單字。從例句來記文法，更加深了對文法的理解，也紮實了單字及聽説讀寫的能力。累積超強實力。

5. 測驗王─全真新制模試自我檢驗：三回全真模擬考題將按照不同的題型，告訴您不同的解題訣竅，讓您在演練之後即時得知學習效果，並充份掌握學習方向。若有志於參加新日檢N4考試，也可以藉由這三回模擬測驗提升考試臨場反應，就像上合格保證班的測驗王！

6. 聽力王─多效聽學文法：書中附贈光碟，收錄所有的文法項目跟例句，幫助您熟悉日語語調及正常速度。建議大家充分利用生活中一切零碎的時間，反覆多聽，在密集的刺激下，把文法、單字、生活例句聽熟，同時為聽力打下了堅實的基礎。

目録

第一章 指示詞、助詞

第二章 詞類的活用

第三章 句型（1）

第四章 句型（2）

文型接續解說

▽動詞

　　　　動詞一般常見的型態，包含動詞辭書形、動詞連體形、動詞終止形、動詞性名詞+の、動詞未然形、動詞意向形、動詞連用形…等。

動詞的活用及接續用法：

用語1	後續	用語2	用例
未然形	ない、ぬ(ん)、まい	ない形	読まない、見まい
	せる、させる	使役形	読ませる、見させる
	れる、られる	受身形	読まれる、見られる
	れる、られる、可能動詞	可能形	見られる、書ける
意向形	う、よう	意向形	読もう、見よう
連用形	連接用言		読み終わる
	用於中頓		新聞を読み、意見をまとめる
	用作名詞		読みに行く
	ます、た、たら、たい、そうだ(樣態)	ます：ます形 た：た形 たら：たら形	読みます、読んだ、読んだら
	て、ても、たり、ながら、つつ等	て：て形 たり：たり形	見て、読んで、読んだり、見たり
終止形	用於結束句子		読む
	だ(だろう)、まい、らしい、そうだ(傳聞)		読むだろう、読むまい、読むらしい
	と、から、が、けれども、し、なり、や、か、な(禁止)、な(あ)、ぞ、さ、とも、よ等		読むと、読むから、読むけれども、読むな、読むぞ
連體形	連接體言或體言性質的詞語	普通形、基本形、辭書形	読む本
	助動詞：た、ようだ	同上	読んだ、読むように
	助詞：の(轉為形式體言)、より、のに、ので、ぐらい、ほど、ばかり、だけ、まで、きり等	同上	読むのが、読むのに、読むだけ
假定形	後續助詞ば(表示假定條件或其他意思)		読めば
命令形	表示命令的意思		読め

▽ 用言

　　　用言是指可以「活用」（詞形變化）的詞類。其種類包括動詞、形容詞、形容動詞、助動詞等，也就是指這些會因文法因素，而型態上會產生變化的詞類。用言的活用方式，一般日語詞典都有記載，一般常見的型態有用言未然形、用言終止形、用言連體形、用言連用形、用言假定形…等。

▽ 體言

　　　體言包括「名詞」和「代名詞」。和用言不同，日文文法中的名詞和代名詞，本身不會因為文法因素而改變型態。這一點和英文文法也不一樣，例如英文文法中，名詞有單複數的型態之分（sport / sports）、代名詞有主格、所有格、受格（he / his / him）等之分。

▽ 形容詞‧形容動詞

　　　日本的文法中，形容詞又可分為「詞幹」和「詞尾」兩個部份。「詞幹」指的是形容詞、形容動詞中，不會產生變化的部份；「詞尾」指的是形容詞、形容動詞中，會產生變化的部份。

　　　　例如「面白い」：今日はとても面白かったです。

　　　由上可知，「面白」是詞幹，「い」是詞尾。其用言除了沒有命令形之外，其他跟動詞一樣，也都有未然形、連用形、終止形、連體形、假定形。

　　　形容詞一般常見的型態，包含形容詞‧形容動詞連體形、形容詞‧形容動詞連用形、形容詞‧形容動詞詞幹…等。

形容詞的活用及接續方法:

用語	範例	詞尾變化	後續	用例
基本形	高_{たか}い 嬉_{うれ}しい			
詞幹	たか うれし			
未然形		かろ	助動詞う	値段が高かろう
		から	助動詞ぬ*	高からず、低からず
連用形		く	1 連接用言**	高くなってきた 高くない
			2 用於中頓	高く、險しい
			3 助詞て、は、 も、さえ	高くて、まずい/高くはない/ 高くてもいい/高くさえなければ
		かっ	助動詞た、 助詞たり	高かった 嬉しかったり、悲しかったり
終止形		い	用於結束句子	椅子は高い
			助動詞そうだ (傳聞)、だ(だろ、 なら)、です、 らしい	高いそうだ 高いだろう 高いです 高いらしい
			助詞けれど(も)、 が、から、し、 ながら、か、な (あ)、ぞ、よ、 さ、とも等	高いが、美味しい 高いから 高いし 高いながら 高いなあ 高いよ
連體形		い	連接體言	高い人、高いのがいい (の=形式體言)
			助動詞ようだ	高いようだ
			助詞ので、のに、 ばかり、ぐらい、 ほど等	高いので 高いのに 高いばかりで、力がない 高ければ、高いほど
假定形		けれ	後續助詞ば	高ければ
命令形		─────	─────	─────

＊「ぬ」的連用形是「ず」　＊＊ 做連用修飾語，或連接輔助形容詞ない

形容動詞的活用及接續方法：

用語	範例	詞尾變化	後續	用例
基本形	静^{しず}かだ 立^{りっぱ}派だ			
詞幹	しずか りっぱ			
未然形		だろ	助動詞う	静かだろう
連用形		で	1 連接用言 （ある、ない）	静かである、静かでない
連用形		で	2 用於中頓	静かで、安全だ
連用形		で	3 助詞は、も、 　さえ	静かではない、静かでも不安だ、 静かでさえあればいい
連用形		だっ	助動詞た、 助詞たり	静かだった、静かだったり
連用形		に	作連用修飾語	静かになる
終止形		だ	用於結束句子	海は静かだ
終止形		だ	助動詞そうだ （傳聞）	静かだそうだ
終止形		だ	助詞と、けれど(も)、 が、から、し、 な(あ)、ぞ、 とも、よ、ね等	静かだと、勉強しやすい 静かだが 静かだから 静かだし 静かだなあ
連體形		な	連接體言	静かな人
連體形		な	助動詞ようだ	静かなようだ
連體形		な	助詞ので、のに、 ばかり、ぐらい、 だけ、ほど、 まで等	静かなので 静かなのに 静かなだけ 静かなほど
假定形		なら	後續助詞ば	静かなら（ば）
命令形		-----	-----	-----

★ 在「讀書計劃」欄中填上日期，依照時間安排按部就班學習，每完成
一項，就用螢光筆塗滿格子，看得見的學習，效果加倍！您也可以將
速記表剪下來裝訂，做成一本屬於你自己的日語學習計劃本喔！

項目	文法	中譯（功能）	讀書計畫
詞類的活用	こんな	這樣的、這麼的、如此的	
	そんな	那樣的	
	あんな	那樣的	
	こう	這樣、這麼	
	そう	那樣	
	ああ	那樣	
	ちゃ、ちゃう	ては、てしまう 的縮略形式	
	～が	表後面的動作或狀態的主體	
	までに	在…之前、到…時候為止	
	數量詞＋も	多達…	
	ばかり	淨…、光…；總是…、老是…	
	でも	…之類的；就連…也	
	疑問詞＋でも	無論、不論、不拘	
	疑問詞＋か	表事態的不明確性	
	とか～とか	…啦…啦、或…、及…	
	し	既…又…、不僅…而且…	
	の	…嗎	
	だい	…呢、…呀	
	かい	…嗎	
	な（禁止）	不准…、不要…	
	さ	表程度或狀態	
	らしい	好像…、似乎…；說是…、好像…；像…樣子、有…風度	
	がる（がらない）	覺得…（不覺得…）、想要…（不想要）	
	たがる（たがらない）	想…（不想…）	
	（ら）れる（被動）	被…	
	お～になる、ご～になる	表動詞尊敬語的形式	
	（ら）れる（尊敬）	表對對方或話題人物的尊敬	
	お＋名詞、ご＋名詞	表尊敬、鄭重、親愛	
	お～する、ご～する	表動詞的謙讓形式	

項目	文法	中譯（功能）	讀書計畫
詞類的活用	お～いたす、ご～いたす	表謙和的謙讓形式	
	ておく	…著；先…、暫且…	
	名詞＋でございます	表鄭重的表達方式	
	（さ）せる	讓…、叫…	
	（さ）せられる	被迫…、不得已…	
	ず（に）	不…地、沒…地	
	命令形	給我…、不要…	
	の（は／が／を）	的是…	
	こと	做各種形式名詞用法	
	ということだ	聽說…、據說…	
	ていく	…去；…下去	
	てくる	…來；…起來、…過來；…（然後再）來…	
	てみる	試著（做）…	
	てしまう	…完	
句型	（よ）うとおもう	我想…、我要…	
	（よ）う	…吧	
	つもりだ	打算…、準備…	
	（よ）うとする	想…、打算…	
	ことにする	決定…；習慣…	
	にする	決定…、叫…	
	お～ください、ご～ください	請…	
	（さ）せてください	請允許…、請讓…做…	
	という	叫做…	
	はじめる	開始…	
	だす	…起來、開始…	
	すぎる	太…、過於…	
	ことができる	能…、會…	
	（ら）れる（可能）	會…；能…	
	なければならない	必須…、應該…	
	なくてはいけない	必須…	
	なくてはならない	必須…、不得不…	
	のに（目的・用途）	用於…、為了…	

項目	文法	中譯（功能）	讀書計畫
句型	のに（逆接・對比）	明明…、卻…、但是…	
	けれど（も）、けど	雖然、可是、但…	
	てもいい	…也行、可以…	
	てもかまわない	即使…也沒關係、…也行	
	てはいけない	不准…、不許…、不要…	
	たことがある	曾…過	
	つづける	連續…、繼續…	
	やる	給予…、給…	
	てやる	給…（做…）	
	あげる	給予…、給…	
	てあげる	（為他人）做…	
	さしあげる	給予…、給…	
	てさしあげる	（為他人）做…	
	くれる	給…	
	てくれる	（為我）做…	
	くださる	給…、贈…	
	てくださる	（為我）做…	
	もらう	接受…、取得…、從…那兒得到…	
	てもらう	（我）請（某人為我做）…	
	いただく	承蒙…、拜領…	
	ていただく	承蒙…	
	てほしい	希望…、想…	
	ば	如果…的話、假如…、如果…就…	
	たら	要是…；如果要是…了、…了的話	
	たら～た（確定條件）	原來…、發現…、才知道…	
	なら	要是…的話	
	と	一…就	
	まま	…著	
	おわる	結束、完了	
	ても、でも	即使…也	
	疑問詞＋ても、でも	不管（誰、什麼、哪兒）…；無論……	
	だろう	…吧	
	（だろう）とおもう	（我）想…、（我）認為…	

項目	文法	中譯（功能）	讀書計畫
句型	とおもう	覺得…、認為…、我想…、我記得…	
	といい	…就好了；最好…、…為好	
	かもしれない	也許…、可能…	
	はずだ	（按理説）應該…；怪不得…	
	はずがない	不可能…、不會…、沒有…的道理	
	ようだ	像…一樣的、如…似的；好像…	
	そうだ	聽説…、據説…	
	やすい	容易…、好…	
	にくい	不容易…、難…	
	と〜と、どちら	在…與…中，哪個…	
	ほど〜ない	不像…那麼…、沒那麼…	
	なくてもいい	不…也行、用不著…也可以	
	なくてもかまわない	不…也行、用不著…也沒關係	
	なさい	要…、請…	
	ため（に）	以…為目的，做…、為了…；因為…所以…	
	そう	好像…、似乎…	
	がする	感到…、覺得…、有…味道	
	ことがある	有時…、偶爾…	
	ことになる	（被）決定…；也就是説…	
	かどうか	是否…、…與否	
	ように	請…、希望…；以便…、為了…	
	ようにする	爭取做到…、設法使…；使其…	
	ようになる	（變得）…了	
	ところだ	剛要…、正要…	
	ているところだ	正在…	
	たところだ	剛…	
	たところ	結果…、果然…	
	について（は）、につき、についても、についての	有關…、就…、關於…	

MEMO

第一章
指示詞、助詞

第一章 指示詞、助詞

1 こんな

間接地在講事物的狀態和程度，然後這個事物是靠近說話人的。中文的意思是「這樣的」、「這麼的」、「如此的」。

例句

こんな大きな木は見たことがない。

沒看過如此大的樹木。

哇！又高又茂密的一棵樹！這輩子還真沒看過呢！「こんな」（這麼的）指的是又高又密這麼大棵的樹。

這是說話人憑自己主觀的感覺，述說身邊的這棵樹有很大喔！

比較

こんな→說話人主觀的感想。對象如同在自己的身邊。常含有貶義。

このよう（這樣，如此）→說話人對客觀狀態的說明。

1 こんな洋服は、いかがですか。
　　這樣的洋裝如何？

2 こんなことはたいしたことではない。
　　這並不是什麼了不起的事。

3 こんな時こそ皆で助け合おうじゃないか。
　　這種時候，大家才更要互相幫忙不是嗎?

4 こんなすばらしい部屋は、私には立派すぎます。
　　這樣棒的房間對我來說太過豪華了。

そんな

間接的在說人或事物的狀態和程度。而這個事物是靠近聽話人的或聽話人之前說過的。有時也含有輕視和否定對方的意味。中文的意思是「那樣的」。

例句

そんなことばかり言わないで、元気を出して。

別淨說那些話，打起精神來。

花子對著鏡子沮喪的說：「老天真不公平，讓我長得像醜小鴨！」。

你又來了！別老那樣說啦！打起精神來！「そんな」（那樣的），指的是前面花子說的「老天真不公平，讓我長得像醜小鴨」！

---

1 そんな名前は聞いたことがない。

我沒有聽過那樣的名字。

---

2 そんな失礼なことは言えない。

我說不出那樣沒禮貌的話。

---

3 そんなことをしたらだめです。

不可以那樣做。

---

4 そんなときは、この薬を飲んでください。

那時候請吃這個藥。

3 あんな

間接地說人或事物的狀態或程度。而這是指說話人和聽話人以外的事物，或是雙方都理解的事物。有時也含有輕視和否定對方的意味。中文的意思是「那樣的」。

例句

私は、あんな女性と結婚したいです。
我想和那樣的女性結婚。

兩人聊到了一位女子，她既美麗又溫柔體貼。唉呀！我真想跟「あんな」（那樣的＝既美麗又溫柔體貼）女人結婚呢！

對女性而言，這話題不是直接跟她說，而是兩個男人間接地在說她的。

---

1 あんな方法ではだめだ。
那種方法是行不通的。

---

2 わたしもあんな家に住みたいです。
我也想住那樣的房子。

---

3 どうして、あんなことをなさったのですか。
您為什麼會做那種事呢？

---

4 彼女があんな優しい人だとは知りませんでした。
我不知道她是那麼貼心的人。

---

4 こう

指眼前的物或近處的事時用的詞。中文的意思是「這樣」、「這麼」。

哇！這是紐約城呢！眼前看到兩個老外在握手喔！

例句

アメリカでは、こう握手して挨拶します。
<ruby>あくしゅ</ruby> <ruby>あいさつ</ruby>

在美國都像這樣握手寒暄。

告訴你啦！在美國都是「こう」（這樣＝握手）寒暄致意的！

指示較靠近對方或較為遠處的事物

---

1 予定をこう決めました。
予定 = よてい　決 = き

行程就這樣決定了。

---

2 こう寒くてはたまらない。
寒 = さむ

這麼冷簡直叫人無法忍受。

---

3 こうすれば、簡単に汚れが取れるんです。
簡単 = かんたん　汚 = よご　取 = と

這樣處理的話，就可以輕易去除污漬了。

---

4 こう行って、こう行けば、駅に戻れます。
行 = い　行 = い　駅 = えき　戻 = もど

這樣走，再這樣走的話，就可以回到車站。

5 そう

時用的詞。中文的意思是「那樣」。

例句

そうしたら、君も東大に合格できるのだ。

那樣一來，你也能考上東京大學的！

告訴你考東大並不難！只要按照我的學習秘方，「そう」（那樣）的話，你也可以考上東大了。

「そう」指的是，剛剛說的「只要按照我的學習秘方」喔！

---

1 父には、そう説明するつもりです。

打算跟父親那樣說明。

2 私もそういうふうになりたいです。

我也想變成那樣。

3 彼がそう言うのは、珍しいですね。

他會那樣說倒是很稀奇。

4 私がそうしたのには、訳があります。

我那樣做是有原因的。

6 ああ

指示說話人和聽話人以外的事物，或是雙方都理解的事物。中文的意思是「那樣」。

例句

ああ太っていると、苦しいでしょうね。
那麼胖一定很痛苦吧。

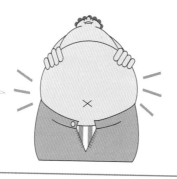

看到一個胖先生，胖得褲子都撐破了。

兩人就你一嘴我一嘴說，胖成「ああ」（那樣＝褲子都撐破了），一定很痛苦吧！

---

1 ああしろこうしろとうるさい。
一下叫我那樣，一下叫我這樣煩死人了！

---

2 彼は怒るといつもああだ。
他一生起氣來一向都是那樣子。

---

3 子どもをああしかっては、かわいそうですよ。
把小孩罵成那樣太可憐了。

---

4 テストの答えは、ああ書いておきました。
考試的解答已先那樣寫好了。

7 ちゃ／じゃ

「ちゃ」是「ては」，「じゃ」是「では」的縮略形式，也就是縮短音節的形式，一般是用在口語上。多用在跟自己比較親密的人，輕鬆交談的時候。其他口語縮約形用法還有「てしまう」是「ちゃう」，「ておく」是「とく」，「なくては」是「なくちゃ」，「なければ」是「なきゃ」等。

例句

そんなにたくさん飲んじゃだめだ。

喝這麼多可不行喔！

太郎怎麼喝這麼多汽水啊！「飲んじゃだめ」（不要喝）是「飲んではだめ」的口語縮約形。

「じゃ」是為了發音上的方便，所以常用在口語裡。意思上可是完全沒變喔！

---

1 まだ、火をつけちゃいけません。

還不可以點火。

---

2 この仕事は、僕がやらなくちゃならない。

這個工作非我做不行。

---

3 動物にえさをやっちゃだめです。

不可以餵食動物。

---

4 私は日本人じゃない。

我不是日本人。

---

8 が

【體言】＋が。接在名詞的後面，表示後面的動作或狀態的主體。

例句

子どもが、泣きながら走ってきた。
小孩邊哭邊跑了過來。

誰欺負你啦？怎麼邊跑邊哭呢？

「が」前面接「子ども」，表示後面的「邊跑邊哭」這個動作的主體是「子ども」。

---

1 台風で、窓が壊れました。
颱風導致窗戶壞了。

---

2 そこにいる男性が、私たちの先生です。
在那裡的那位男性是我們老師。

---

3 新しい番組が始まりました。
新節目已經開始了。

---

4 山の上に、湖があります。
山上有湖泊。

❾ までに

【體言・動詞連體形】＋までに。接在表示時間的名詞後面，表示動作或事情的截止日期或期限。中文的意思是「在…之前」、「到…時候為止」。「までに」跟表示時間終點的「まで」意思是不一樣的喔！

例句

金曜日までに直してください。

請在禮拜五前修好。

車子出狀況了！又剛好遇到星期六要帶女朋友去兜風。

「までに」前面接時間名詞，而「直す」（修理）這個動作的期限是在「金曜日」（星期五）。

只要是「までに」之前完成，什麼時候都可以啦！

比較

までに→動作要在前接的這個期限以前完成。

まえに（之前）→用「Ａまえにな」表示Ｂ發生在Ａ之前。客觀描述前後的關係。

---

1 なるべく明日までにやってください。
請儘量在明天以前完成。

---

2 彼は、年末までに日本にくるはずです。
他在年底前應該會來日本。

---

3 仕事が終わるまでに連絡します。
完成工作以前會通知您。

---

10 數量詞＋も

【數量詞】＋も。前面接數量詞，用在強調數量很多、程度很高的時候。由於因人物、場合等條件而異，所以前接的數量詞雖不一定很多，但還是表示很多。用「何＋助數詞＋も」，如「何回も、何度も」等。也表示數量、次數很多的樣子。

例句

彼女（かのじょ）はビールを５本（ほん）も飲（の）んだ。

她喝了多達5瓶的啤酒。

> 這裡的「も」用來表示前接的數量詞「５本」（5瓶），量是「很多的」。同時也含有意外的語意喔！

> 這女孩看來才剛滿20歲，但竟一口氣喝了5瓶啤酒。

> **比較**
>
> 數量詞＋も→強調數量很多，程度很高。
>
> 數量詞＋ばかり（左右、上下）→表示大致的量。

1 パーティーに、1000人（にんあつ）も集まりました。

　　多達1000人聚集在派對上。

2 ゆうべはワインを三本（さんぼん）も飲（の）んだので、頭（あたま）が痛（いた）い。

　　昨晚竟喝了三瓶紅酒，也因此現在頭很痛。

3 ディズニーランドは何度（なんど）も行（い）きましたよ。

　　我去過迪士尼樂園好幾次了。

4 私（わたし）はもう30年（ねん）も看護婦（かんごふ）をしています。

　　我當護士已經長達30年了。

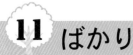

11 ばかり

【體言】＋ばかり。表示數量、次數非常的多，而且說話人對這件事有負面評價。中文的意思是「淨…」、「光…」、「老…」；【動詞て形】＋ばかり。表示說話人對不斷重複一樣的事，或一直都是同樣的狀態，有負面的評價。

例句

アルバイトばかりしていないで、勉強もしなさい。

別光打工，也要唸書。

在美國讀書的阿明，最近在餐廳打工的時間都比讀書多，因為每天可以拿到好多小費！

但是，可別忘了當初到美國是為了留學，別淨是打工喔！表示打工的時間太多了就用「ばかり」（淨…）。

比較

體言（名詞）＋ばかり（淨、只）→表示限定，只有這個名詞，沒有別的。

動詞原形＋ばかり（簡直、幾乎）→表示比喻，強調程度之甚。如：「景色は驚くばかりの美しさだった」（景色美得叫人嘆為觀止。）

1 漫画ばかりで、本はぜんぜん読みません。

　　光看漫畫，完全不看書。

2 毎日暑いので、コーラばかり飲んでいます。

　　每天天氣都很熱，所以一直喝可樂。

3 チョコレートを食べてばかりいると、太りますよ。

　　你要是老吃巧克力，是會變胖的喔！

4 赤ちゃんは、泣いてばかりいます。

　　嬰兒老是在哭。

12 でも

【體言】＋でも。（1）用於舉例。表示雖然含有其他的選擇，但還是舉出一個具代表性的例子；（2）先舉出一個極端的例子，再表示其他情況當然是一樣的。中文的意思是「就連…也」。

例句

お帰りなさい。お茶でも飲みますか。
你回來了。要不要喝杯茶？

為了慰勞老公一天工作的辛苦。要不要喝杯茶啊？

「でも」是表示「要喝茶呢？還是喝其他的飲料呢？」

1 コーヒーでも飲みませんか。
要不要喝杯咖啡？

2 コンサートでも行きませんか。
要不要去聽音樂會？

3 この問題は、専門家でも難しいでしょう。
這個問題就連專家也覺得難吧！

4 日本人でも読めない漢字があります。
就連日本人，也都會有不會唸的漢字。

13 疑問詞＋でも

【疑問詞】＋でも。「でも」上接疑問詞，表示全面肯定或否定，也就是沒有例外，全部都是。句尾大都是可能或容許等表現。中文意思是：「無論」、「不論」、「不拘」的意思。

例句

なんでも相談してください。
什麼都可以找我商量。

村上學長人真好！有問題都可以問他耶！

「でも」（不論）前面接疑問詞「なん」（什麼），意思是「不論什麼」，都可以來「相談」（商量、詢問）了！

---

1 いつでも、手伝ってあげます。
随時都樂於幫你忙的。

---

2 年末はどのデパートでも大安売りをします。
到年底，不管是哪家百貨公司，都會大減價。

---

3 兄はどんなスポーツでもできます。
哥哥什麼運動都會。

---

4 どこでも、仕事を見つけることができませんでした。
哪裡都找不到工作。

14 疑問詞＋か

【疑問詞】＋か。「か」上接「なに、どこ、いつ、だれ」等疑問詞，表示不肯定的、不確定的，或是沒必要說明的人事物、地點、時間。用在不特別指出某個物或事的時候。還有，後面的助詞經常被省略。

例句

外に誰がいるか見て来てください。
請去看看誰在外面。

準備要睡覺了，怎麼窗外有個人影！「北鼻～好像有人在外面耶，人家好怕噢！」

「是誰？！」用「か」表示知道有「誰」在那裡，但不確定那個人是誰。

1 何がおかしいか教えてください。
　請告訴我哪裡奇怪了。

2 映画は何時から始まるか教えてください。
　請告訴我電影幾點放映。

3 彼はどこへ行ったかわかりません。
　我不知道他到哪裡去了。

4 どんな本を読めばいいかわかりません。
　我不知道該讀哪本書才好。

15 とか

【體言・用言終止形】＋とか＋【體言・用言終止形】＋とか。「とか」上接人或物相關的名詞之後，表示從各種同類的人事物中選出一、兩個例子來說，或羅列一些事物。暗示還有其它。是口語的說法。「…啦…啦」、「…或…」、「及…」的意思。

例句

あかとか青とか、いろいろな色を塗りました。

或紅或藍，塗上了各種的顏色。

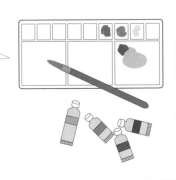

哇！這幅畫塗上好幾種顏色呢！有哪些顏色呢？看「とか」前面，原來有「赤」（紅色）跟「青」（藍色）。

「とか」只是從各種顏色中舉出一、兩個例子，言外之意是還有其他顏色喔！

比較

とか（連，甚至）→用在列舉一些類似的事物。但，最近也含有婉轉表示「だけ（僅只這個）」之意。如「お茶とか飲みに行かない」（要不要去喝杯茶）。

でも→表示列舉，語含還有其他可選擇的。

1 引き出しの中には、鉛筆とかペンとかがあります。

抽屜中有鉛筆啦！筆啦！等等。

2 展覧会とか音楽会とかに、よく行きます。

我常去展覽會或音樂會等。

3 ときどき、散歩するとか運動するとかしたほうがいいよ。

偶爾要散步啦！運動啦！比較好。

4 飲み物というのはコーヒーとかジュースとかのことです。

所謂飲料，就是咖啡啦！果汁啦！這類東西。

16 し

【用言終止形】＋し。用在並列陳述性質相同的複數事物，或說話人認為兩事物是有相關連的時候。中文的意思是「既…又…」、「不僅…而且…」；也表示理由，並暗示還有其他理由。是一種語氣委婉的說法。前因後果的關係沒有「から」跟「ので」那麼緊密。

例句

この町は、工業も盛んだし商業も盛んだ。

這城鎮不僅工業很興盛，就連商業也很繁榮。

哇！近幾年來，這個小鎮由於鎮長的優良施政，發展得真好呢！

用兩個「し」並列著不僅是工業，就連跟商業都很發展，同性質的兩種產業來。

比較

し→表示原因，前後的因果關係，沒有「から」那麼緊密。暗示還有其他原因。

から（因為）→説話人出自主觀的請求、推測、命令、主張等的原因。

---

1 この町は静かだし、空気がきれいです。

這個市鎮既安靜，空氣又清新。

---

2 田中さんのアパートは広いし、学校からも近い。

田中同學的公寓不僅寬敞，而且離學校也近。

---

3 おなかもすいたし、のどもかわきました。

肚子既餓，喉嚨又渴。

---

4 背中も痛いし、足も疲れました。

不僅背痛，就連腳也酸痛。

【句子】＋の。在句尾，用升調表示發問，一般是用在對兒童，或關係比較親密的人。是婦女或兒童用言。中文的意思是「…嗎」。

例句

そのかっこうで出かけるの？
你要穿那樣出去嗎？

等一下我們去外面散步！

唉呀！別跑那麼快啦！你不穿衣服，這樣就要出門啦？用「の」提高升調，來發問。

---

1 どうして今日は会社を休んだの？
今天為什麼休息沒去上班呢？

---

2 この写真はどこで撮ったの？
這張照片在哪裡拍的呀？

---

3 いってらっしゃい。何時に帰るの？
路上小心，你幾點回來呢？

---

4 会議はもう終わったの？
會議已經結束了嗎？

18 だい

【句子】＋だい。接在疑問詞或含有疑問詞的句子後面，表示向對方詢問的語氣。有時也含有責備或責問的口氣。男性用言，用在口語，說法較為老氣。

例句

田舎（いなか）のおかあさんの調子（ちょうし）はどうだい？

鄉下母親的身體狀況怎麼樣？

今天社長心情不錯，還問了我家鄉老母的近況。

用「だい」（…呢）來詢問。

---

1 そのバッグはどこで買（か）ったんだい？

那個皮包是哪裡買的呀？

---

2 いまの電話（でんわ）、誰（だれ）からだい？

剛才的電話是誰打來的？

---

3 入学式（にゅうがくしき）の会場（かいじょう）はどこだい？

開學典禮會場在哪裡？

---

4 君（きみ）の趣味（しゅみ）は何（なん）だい？

你的嗜好是啥？

19 かい

【句子】＋かい。放在句尾，表示親暱的疑問。有「…嗎」的意思。

例句

花見は楽しかったかい？
はなみ たの

賞花有趣嗎？

上星期日小愛不是到上野公園賞櫻去了嗎？

好玩嗎？用「かい」來跟自己關係親近的人，詢問一下。

---

1 その辞書は役に立つかい？
じしょ やく た

那字典對你有幫助嗎？

---

2 記念の指輪がほしいかい？
き ねん ゆびわ

想要戒指做紀念嗎？

---

3 フランス料理のほうが好きかい？
りょうり す

比較喜歡法國料理嗎？

---

4 財布は見つかったかい？
さいふ み

錢包找到了嗎？

---

20 な（禁止）

【動詞連用形】＋な。表示禁止。命令對方不要做某事的說法。由於說法比較粗魯，所以大都是直接面對當事人說。一般用在對孩子、兄弟姊妹或親友時。也用在遇到緊急狀況或吵架的時候。中文的意思是「不准…」、「不要…」。

例句

びょう き
病 気のときは、無理をするな。
むり

生病時不要太勉強了。

女兒一個人在外打拼，這下子生病了！媽媽又心疼、又擔心的！

用「な」來命令女兒，生病的時候，不准你太勉強自己了。

---

1 ここに荷物を置くな。じゃまだ。
　　に もつ　　お

不要把行李放在這裡，很礙路。

---

2 危ないから、あの川で遊ぶなよ。
　　あぶ　　　　　かわ　あそ

因為很危險，所以不要在那條河游泳喔。

---

3 がんばれよ。ぜったい負けるなよ。
　　　　　　　　　　　　　　ま

加油點，千萬別輸了。

---

4 失敗しても、恥ずかしいと思うな。
　　しっぱい　　　　は　　　　　おも

即使失敗也不用覺得丟臉。

---

21 さ（暑さ）

接在形容詞、形容動詞的詞幹後面等構成名詞，表示程度或狀態。也接跟尺度有關的如「長さ、深さ、高さ」等，這時候一般是跟長度、形狀等大小有關的形容詞。

例句

けんこう だいじ し
健康の大事さを知りました。

了解了健康的重要性。

從小身體一直都很健康的我，沒想到最近竟生了一場重病，在家整整臥病一個星期。

現在終於知道，不管多麼富裕，健康才是最「大事さ」（重要的）。「さ」表示健康是很重要。

---

1 あの子は厳しさに強い。
こ きび つよ
艱困是難不倒那孩子的。

---

2 彼女の美しさに惚れました。
かのじょ うつく ほ
我為她的美麗而傾倒。

---

3 彼の心の優しさに、感動しました。
かれ こころ やさ かんどう
為他的心地善良而感動。

---

4 ナイロンの丈夫さが、女性のファッションを変えた。
じょうぶ じょせい か
尼龍的耐用度改變了女性的流行。

22 らしい

【動詞、形容詞終止形・形容動詞詞幹・體言】＋らしい。表示從眼前可觀察的事物等狀況，來進行判斷。「好像…」、「似乎…」的意思；又指從外部來的，是說話人自己聽到的內容為根據，來進行推測。含有推測的責任不在自己的語氣。「說是…」、「好像…」之意；又表示充分反應出該事物的特徵或性質。「像…樣子」、「有…風度」之意。

例句

王さんがせきをしている。風邪を引いているらしい。

王先生在咳嗽。他好像是感冒了。

唉呀！怎麼在咳嗽呢？

判斷小王「風邪を引いているらしい」（好像感冒了），是從眼前小王在咳嗽這一狀況判斷的。

コホン
コホン

比較

らしい→根據傳聞或具體的狀況等客觀的事實，來進行推測。

ようだ（好像）→除了有跟「らしい」一樣客觀的判斷，也含有主觀性的判斷。

1 地面が濡れている。夜中に雨が降ったらしい。
地面是濕的。半夜好像有下雨的樣子。

2 先生がおっしゃるには、今度の試験はとても難しいらしいです。
照老師所說，這次的考試好像會很難的樣子。

3 天気予報によると明日は雪らしい。
聽天氣預報說明天好像會下雪。

4 彼は本当に男らしい。
他真有男子氣概。

23 がる（がらない）

【形容詞、形容動詞詞幹】＋がる（がらない）。表示某人說了什麼話或做了什麼動作，而給說話人留下這種想法，有這種感覺，想這樣做的印象。而「がる」的主體一般是第三人稱。表示現在的狀態用「ている」形，也就是「がっている」。以「を」表示想要的對象。中文的意思是「覺得…」、「想要…」。

例句

妻がきれいなドレスをほしがっています。

妻子很想要一件漂亮的洋裝。

為了參加同學的婚禮，為了表示自己雖然已婚且生過小孩，但身材還是保持得很好…。吃過飯後，老婆就這樣說服老公要買一件禮服。

老公透過眼前妻子這番話，深深感覺到妻子，很想要一件漂亮的禮服「綺麗なドレスをほしがっています」。

---

1 外は真冬なので、子供たちは寒がっている。

屋外寒冬澈骨，孩子們冷得受不了。

---

2 あなたが来ないので、みんな残念がっています。

因為你不來，大家都覺得非常可惜。

---

3 泥棒を怖がって、鍵をたくさんつけた。

因害怕遭小偷，而上了許多道鎖。

---

4 おかしいことを言ったのに、だれも面白がらない。

說了滑稽的事，卻沒人覺得有趣。

24 たがる

【動詞連用形】＋たがる。用在表示第三人稱，顯露在外表的願望或希望，也就是從外觀就可看對方的意願。是「動詞連用形」＋「たい的詞幹」＋「がる」來的。中文的意思是「想…」、「願意…」。否定詞是「たがらない」。

例句

こども は いしゃ い
子供は歯医者に行きたがらない。

小孩子不想去看牙醫。

聽到看牙就想到電動牙鑽，在磨蛀牙那恐怖且刺耳的聲音。

所以一聽到牙醫，小孩子就頑抗到底，就是不願意去看牙醫，這時候看在你眼裡，就用「歯医者に行きたがらない」來說明最貼切了。

比較

たがる→主語僅限第三人稱。接他動詞時，對象用「を」表示。

たい→主語是第一人稱，但疑問句的主語可以是第二人稱。另外，表示推測或傳聞的主語也可以是第三人稱。

1 がいこく ぶん か し
外国の文化について知りたがる。

想多了解外國的文化。

2 おっと つめ の
夫は冷たいビールを飲みたがっています。

丈夫想喝冰啤酒。

3 かのじょ りゆう い
彼女は、理由を言いたがらない。

她不想說理由。

4 むすこ あさ ね ぼう
うちの息子は、朝寝坊をしたがる。

我兒子老喜歡賴床。

問1 （　　）の ところに 何を 入れますか。1・2・3・4から いちば
　　ん いい ものを 一つ えらびなさい。

1 赤ん坊（　　）眠って います。
　　1 を　　　　　　　2 が　　　　　　　3 に　　　　　　　4 へ

2 明日（　　）本を 返して ください。
　　1 までに　　　　　2 から　　　　　　3 より　　　　　　4 へ

3 お茶（　　）飲みませんか。
　　1 に　　　　　　　2 でも　　　　　　3 で　　　　　　　4 にも

4 あの 人は いつも 本（　　）読んで います。
　　1 しか　　　　　　2 でも　　　　　　3 ばかり　　　　　4 にも

5 お菓子は、ケーキ（　　）アイスクリーム（　　）が たくさん あります。
　　1 し／し　　　　　2 や／や　　　　　3 も／も　　　　　4 とか／とか

6 私は 辛い もの（　　）嫌いです。
　　1 が　　　　　　　2 て　　　　　　　3 に　　　　　　　4 で

7 彼女は 勉強も できる（　　）、スポーツも 上手です。
　　1 し　　　　　　　2 が　　　　　　　3 に　　　　　　　4 て

8 となりの 部屋の 音（　　）うるさい。
　　1 を　　　　　　　2 が　　　　　　　3 に　　　　　　　4 て

9 この 子は あまり 遊ばないで、本（　　）読んで います。
　　1 しか　　　　　　2 から　　　　　　3 ばかり　　　　　4 まで

10 その 映画は もう 3回（　　）見ましたよ。

1 が　　　　　　2 を　　　　　　3 も　　　　　　4 の

11 私も　（　　）指輪が ほしい。

1 あんな　　　　2 ああ　　　　　3 あそこ　　　　4 あれ

12 どうして 朝ごはんを 食べない（　　）？

1 ばかり　　　　2 の　　　　　　3 な　　　　　　4 し

13 日本料理は 何（　　）好きです。

1 を　　　　　　2 が　　　　　　3 は　　　　　　4 でも

14 もう 宿題は 終わった（　　）？

1 が　　　　　　2 を　　　　　　3 も　　　　　　4 の

問Ⅱ　（　　）の ところに 何を 入れますか。1・2・3・4から いちばん いい ものを 一つ えらびなさい。

1 この エレベーターは　（　　）安全です。

1 あたらしい　　2 あたらしいで　　3 あたらしくので　4 あたらしいので

2 子どもは 学校に　（　　）たがらない。

1 行き　　　　　2 行く　　　　　3 行って　　　　4 行くと

3 危ないから、あの 川で　（　　）な。

1 およげ　　　　2 およぎ　　　　3 およぐ　　　　4 およいで

4 あんなに　（　　）のに、どうして 不合格なのだろう。

1 勉強　　　　　2 勉強した　　　3 勉強し　　　　4 勉強して

| 5 | たいていの　子どもは　アイスクリームを　（　　　）がります。

　　　1 ほしくて　　　　　2 ほしく　　　　　　3 ほしい　　　　　4 ほし

問題III　（　　）の　ところに　何を　入れますか。1・2・3・4から　いちばん　いい　ものを　一つ　えらびなさい。

| 1 | 私は　何も　（　　　）。

　　　1 食べたいです　　　　　　　　　　　2 食べたがって　います

　　　3 食べたく　ないです　　　　　　　　4 食べたがって　いません

| 2 | 男（　　　）しっかり　しなさいよ。

　　　1 らしいく　　　　2 らしいだ　　　　3 らしい　　　　4 らしく

| 3 | 私の　髪の　（　　　）は　妹と　だいたい　同じです。

　　　1 長くて　　　　2 長く　　　　3 長い　　　　4 長さ

| 4 | （　　　）失礼な　ことは　いえないよ。

　　　1 そこ　　　　2 それ　　　　3 そんな　　　　4 そちら

| 5 | （　　　）いう　ことは　言わない　ほうが　いい。

　　　1 あそこ　　　　2 あれ　　　　3 あんな　　　　4 ああ

第二章
詞類的活用

被　動　形

◆動詞的被動形變化

(1) 第一類(五段動詞)

　　將動詞辭書形變成 "ない" 形，然後將否定形的 "ない" 去掉，最後加上 "れる" 就可以了。

例如：

洗う→洗わない→洗わ→洗われる
触る→触らない→触ら→触られる
作る→作らない→作ら→作られる

(2) 第二類(一段動詞)

　　去掉動詞辭書形辭尾 "る"，再加上 "られる" 就可以了。

例如：

調べる→調べ→調べられる
開ける→開け→開けられる
忘れる→忘れ→忘れられる

(3) 第三類(カ・サ変動詞)

　　將来る變成 "来られる"；將する變成 "される"

例如：

来る→来られる　　する→される　　電話する→電話される

◆動詞的被動形的意思

　　表示被動。日語的被動態，一般可分為「直接被動」和「間接被動」。（1）直接被動，表示某人直接承受到別人的動作。被別人怎樣的人做主語，句型是「主語が／は（だれか）に…（さ）れる」。但是實行動作的人是以感情、語言為出發點時，「に」可以改用「から」；又表達社會活動等，普遍為大家知道的事（主語），這時候由於動作主體沒辦法特定，所以一般文中不顯示；又動詞用「作る、書く、建てる、発明する、設計する」等，表達社會對作品、建築等的接受方式，大多用在事實的描寫文。（2）間接被動。由於別人的動作，而使得身體的一部分或所有物等，間接地承受了某人的動作。接受動作的人為主語，但常被省略，實行動作的人用「に」表示。句型是「主語が／は（だれか）に（主語的所有物等）を…（さ）れる」。另外，由於天氣等自然現象的作用，而間接受到某些影響時。這時一般為自動詞。「間接被動」一般用在作為主語的人，因為發生某事態，而間接地受到麻煩或災難。中文的意思是「被…」。

◆請寫出下列表中動詞的被動形

踏<ruby>ふ</ruby>む	
<ruby>しょうたい</ruby>招待する	
<ruby>かんが</ruby>考える	
<ruby>つか</ruby>使う	
<ruby>くら</ruby>比べる	
<ruby>はこ</ruby>運ぶ	
<ruby>はし</ruby>走る	
<ruby>わら</ruby>笑う	
<ruby>じゃ ま</ruby>邪魔する	
<ruby>はな</ruby>話す	
<ruby>なお</ruby>直す	
かける	
<ruby>よ</ruby>呼ぶ	
<ruby>う</ruby>売る	
もらう	
<ruby>おも</ruby>思う	
<ruby>し</ruby>知る	
<ruby>ま</ruby>待つ	
<ruby>ひ</ruby>弾く	
<ruby>はら</ruby>払う	

1 （ら）れる

【一段動詞、力變動詞未然形】＋られる；【五段動詞未然形・サ變動詞未然形さ】＋れる。表示被動。（1）直接被動，表示某人直接承受到別人的動作；又社會活動等，普遍為大家知道的事；表達社會對作品、建築等的接受方式。（2）間接被動。間接地承受了某人的動作，而使得身體的一部分等，受到麻煩；由於天氣等自然現象的作用，而間接受到某些影響時。「被…」之意。

例句

弟 が犬にかまれました。

弟弟被狗咬了。

哇！弟弟被狗咬了，好痛的樣子喔！

被咬的弟弟是主語用「が」，咬人的狗是動作實施者用「に」表示。這句話沒有提到身體一部分，所以是直接被動的表現方式喔！

1 彼女は夫に深く愛されていた。
她老公深深地疼愛她。

2 試験が２月に行われます。
考試將在２月舉行。

3 私は電車の中で足を踏まれた。
我在電車上被踩了一腳。

4 学校に行く途中で、雨に降られました。
去學校途中，被雨淋濕了

敬語

◆特別形

特別形動詞	尊敬語	謙譲語
します	なさいます	いたします
来_きます	いらっしゃいます	まいります
行_いきます	いらっしゃいます	まいります
います	いらっしゃいます	おります
見_みます	ご覧_{らん}になります	拝見_{はいけん}します
言_いいます	おっしゃいます	申_{もう}します
寝_ねます	お休_{やす}みになります	
飲_のみます	召_めし上_あがります	
食_たべます	召_めし上_あがります	
会_あいます		お目_めにかかります
着_きます	お召_めしになります	
もらいます		いただきます
聞_ききます		伺_{うかが}います
訪問_{ほうもん}します		伺_{うかが}います
知_しってます	ご存_{ぞん}じです	
…ています	…ていらっしゃいます	
…てください	お…ください	

◆請選出最恰當的敬語表現

1 先生は　手紙に　「お元気で」と　（　　　）。
A.お書き　します　　　　　　　B.書いて　おります
C.お書きに　なりました　　　　D.ご書きに　なりました

2 ご両親は　もう　（　　　）か。
A.帰りいたして　います　　　　B.お帰りました
C.お帰りして　おります　　　　D.お帰りに　なりました

3 先週、社長に　この　資料を　（　　　）。
A.お送り　なされました　　　　B.送られた
C.お送り　しました　　　　　　D.お送りに　なりました

4 もし　よかったら、一度　ご本人に　（　　　）。
A.お目に　かかりたいのですが　B.ご会い　したいのですが
C.伺いたいのですが　　　　　　C.拝見したいのですが

5 先輩、お茶を　（　　　）か。
A.いただきます　　　　　　　　B.もらいます
C.飲まれます　　　　　　　　　D.お飲みいたします

2 お…になる

【お動詞連用形・ごサ變動詞詞幹】＋になる。動詞尊敬語的形式。表示對對方或話題中提到的人物的尊敬。這是為了表示敬意而抬高對方行為的表現方式，所以「お…になる」中間接的就是對方的動作。比「れる」、「られる」的尊敬程度要高。

例句

先生がお書きになった小説を読みたいです。

我想看老師所寫的小說。

知道老師出了一本小說，很想看看！

「お…になる」中間接的是老師的動作「書く」（寫），以表示對老師的尊敬。

1 昨日は、十分お休みになりましたか。

昨晚充分休息了嗎?

2 差し上げた薬を、毎日お飲みになってください。

給您的藥請每天服用。

3 中山さんが書いた小説をご覧になりましたか。

中山先生寫的小說您看了嗎？

4 ご家族の方は半額で、ご利用になれます。

家人使用可享半價優惠。

3 （ら）れる

【一段動詞、カ變動詞未然形】＋られる；【五段動詞未然形・サ變動詞未然形さ】＋れる。作為尊敬助動詞。表示對話題人物的尊敬。也就是在對方的動作上用尊敬助動詞。尊敬程度低於「お…になる」。

例句

もう具合はよくなられましたか。

身體好一些了嗎？

巡病房的護士來看生病住院的社長。

「もう具合はよくなられましたか」（您身體好多了嗎？）中的尊敬助動詞「なられました」來自「なりました」。

---

1 先生方は講堂に集まられました。

老師們到禮堂集合了。

---

2 社長はあしたパリへ行かれます。

社長明天將要前往巴黎。

---

3 先生は、少し痩せられたようですね。

老師好像變瘦了呢。

---

4 何を研究されていますか。

您在做什麼研究？

4 お…ください

【お動詞連用形・ごサ變動詞詞幹】＋ください。用在對客人、屬下對上司的請求。這也是為了表示敬意而抬高對方行為的表現方式。尊敬程度比「てください」要高。「ください」是「くださる」的命令形。中文的意思是「請…」。

例句

かしこまりました。少々お待ちください。

知道了，請您稍候。

旅館裡的客人跟老闆娘說，要在房間用晚餐。

老闆娘聽完吩咐後說：「少々お待ちください」（請稍等一下）。由於「待つ」（等）是客人的動作，所以前後加上「お…ください」，以提高客人的身份，表示尊敬。

---

1 どうぞこちらにお座りください。
　　請這裡坐。

---

2 田中さんに会ったら、よろしくお伝えください。
　　見到田中先生的話，請代替我向他問好。

---

3 好きなのをお選びください。
　　請選您喜歡的。

---

4 新宿でJRにお乗り換えください。
　　請在新宿轉搭JR線。

5 お（名詞）

お＋【體言】。後接名詞（跟對方有關的行為、狀態或所有物），表示尊敬、鄭重、親愛，另外，還有習慣用法等意思。基本上，名詞如果是日本原有的和語就接「お」，如「お仕事、お名前」；如果是利用中國造字法造的漢語就接「ご」如「ご住所、ご兄弟」。

例句

息子さんのお名前を教えてください。

請教令郎大名。

聽說村上太太的兒子從美國留學回來，現在在某大企業上班。田中太太心想這麼好的條件，不就正好配女兒花子嗎？

今天在婦女餐會上，趕快坐到村上太太前面，找機會問村上太太，可否告訴我您兒子的「お名前」（尊姓大名）啊！「お」接在跟對方有關的事物「名前」前，表示尊敬。

---

1 もうすぐお正月ですね。

馬上就要新年了。

---

2 これは、お祝いのプレゼントです。

這是聊表祝賀的禮物。

---

3 あのお店の品物は、とてもいい。

那家店的貨品非常好。

---

4 お菓子を召し上がりませんか。

要不要吃一些點心呢？

6 お…する

【お動詞連用形・ごサ變動詞詞幹】＋する。表示動詞的謙讓形式。對要表示尊敬的人，透過降低自己或自己這一邊的人，以提高對方地位，來向對方表示尊敬。謙和度比「お…いたす」要低。

例句

興味があれば、お教えします。
如有興趣的話，我來跟您說明。

在東京幕張的國際展覽會場上，田中先生展示公司新開發的產品。

看到幾位感興趣的人（可能成為客戶，需要表示尊敬的人），趕快上前說您感興趣的話，「お教えします」（我來跟您說明）。「教える」是田中的動作，以「お…する」的謙讓形式，來降低自己，表示對感興趣的人的尊敬。

---

1 私のペンをお貸ししましょう。
我的筆借給你吧！

---

2 私が会場のほうへご案内します。
我來帶諸位去會場。

---

3 日本の経済について、ちょっとお聞きします。
想請教一下有關日本經濟的問題。

---

4 鈴木さんをご紹介しましょう。
我來跟您介紹鈴木小姐。

7 お…いたす

【お動詞連用形・ごサ變動詞詞幹】＋いたす。這也是動詞的謙讓形式。同樣地，對要表示尊敬的人，透過降低自己或自己這一邊的人的說法，以提高對方地位，來向對方表示尊敬。比「お…する」在語氣上更謙和一些。

例句

私の計画をご説明いたしましょう。

我來說明一下我的計劃吧。

在東京幕張國際展覽會場上，田中有了不錯的表現，出現了好幾位，對公司的新產品感興趣的人。

田中更加把勁在說明會上，進行產品的開發計畫說明。田中謙虛的說「ご説明いたしましょう」（我來為您說明）。「説明」是田中的動作，以更為謙讓的「ご…いたす」形式，來降低自己，表示對到場的來賓更高的敬意。

1 資料は私が来週の月曜日にお届けいたします。

我下週一會將資料送達。

2 詳しいことは私からご説明いたしましょう。

詳細的事項由我來為各位做說明吧！

3 日本の歴史についてお話いたします。

我要講的是日本的歴史。

4 ただいまお茶をお出しいたします。

我馬上就端茶出來。

8 ておく

【動詞連用形】＋ておく。表示考慮目前的情況，採取應變措施，將某種行為的結果保持下去。「…著」的意思；也表示為將來做準備，也就是為了以後的某一目的，事先採取某種行為。「先…」、「暫且…」的意思。口語說法是簡略為「とく」。

例句

けっこん まえ りょうり なら
結婚する前に料理を習っておきます。

結婚前事先學做菜。

> 花子婚前的準備動作是「料理を習っておきます」（事先學會做菜）。「ておく」著重在為了準備而採取什麼行為喔！

> 花子年底就要結婚了喔！想到婚後跟老公兩人，燭光下的晚餐等種種甜蜜生活，就雀躍不已。可是，花子不會做菜耶。不行！為了婚後能讓老公嚐到自己親手做的菜。

比較

ておく→著重以準備為目的，而採取某行為。

てある（已…了）→表示為了將來，而做好某事之意。著重在準備已完成的情況。

あつ まど あ
1 暑いから、窓を開けておきます。
因為很熱，所以先把開窗打開。

に もつ へ や い
2 この荷物はしばらくあの部屋に入れておきましょう。
先暫時把這箱行李放到那個房間吧！

よ やく
3 レストランを予約しておきます。
我會事先預約餐廳。

し けん べんきょう
4 試験のために、たくさん勉強をしておきました。
為了考試，事先用功過了。

（名詞）でございます

【體言】＋でございます。是「です」的鄭重表達方式。日語除了尊敬語跟謙讓語之外，還有一種叫鄭重語。鄭重語有用在車站、百貨公司等公共場合。這時說話人跟聽話人之間無任何關係，只是為了表示尊敬。至於，用在自己的時候，就有謙遜的意思。

例句

こちらが、<ruby>会社<rt>かいしゃ</rt></ruby>の<ruby>事務所<rt>じむしょ</rt></ruby>でございます。

這裡是公司的辦公室。

田中的企畫引起了幾家廠商的興趣，接下來就是參觀田中的公司。於是田中一路帶客人，走到了辦公室。

田中介紹：「こちらが、会社の事務所でございます。」（這是公司的辦公室）。「でございます」（是）是田中在介紹跟自己相關的事物時，謙虛的說法。

---

1 <ruby>右<rt>みぎ</rt></ruby>の<ruby>建物<rt>たてもの</rt></ruby>は、<ruby>新聞社<rt>しんぶんしゃ</rt></ruby>でございます。

右邊的建築物是報社。

---

2 そろそろ２<ruby>時<rt>じ</rt></ruby>でございます。

快要２點了。

---

3 うちの<ruby>娘<rt>むすめ</rt></ruby>は、まだ<ruby>小学生<rt>しょうがくせい</rt></ruby>でございます。

我女兒還只是小學生。

---

4 <ruby>原因<rt>げんいん</rt></ruby>は、<ruby>小<rt>ちい</rt></ruby>さなことでございました。

原因是起自一件小事。

10 （さ）せる

【一段動詞、カ變動詞未然形・サ變動詞詞幹】＋させる。【五段動詞未然形】＋せる。表示使役。使役形的用法有：（1）某人強迫他人做某事，由於具有強迫性，只適用於長輩對晚輩或同輩之間。這時候如果是他動詞，用「XがYにNをV-させる」。如果是自動詞用「XがYを／にV-させる」；（2）某人用言行促使他人（用を表示）自然地做某種動作；（3）允許或放任不管。中文意思是：「讓…」、「叫…」。

親が子供に部屋を掃除させた。
父母叫小孩整理房間。

過年快到了，全家總動員大掃除了。媽媽叫小孩打掃房間。

命令的人用「が或は」，動作實行的人用「に」表示。而他動詞的動作對象是「部屋」，用「を」表示。

---

1 若い人に荷物を持たせる。
讓年輕人拿行李。

---

2 姉はプレゼントをして、父を喜ばせました。
姊姊送禮，讓父親很高興。

---

3 私は会社を辞めさせていただきます。
請讓我辭職。

---

4 私がそばにいながら、子供にけがさせてしまった。
雖然我人在身旁，但還是讓孩子受傷了。

使役形

◆動詞的使役形變化

(1) 第一類(五段動詞)

把動詞辭書形變成 "ない" 形。然後去掉 "ない" ，最後加上 "せる" 就可以了。

例如：

洗<ruby>う<rt>あら</rt></ruby>→洗<ruby>わない<rt>あら</rt></ruby>→洗<ruby>わ<rt>あら</rt></ruby>→洗わせる
待<ruby>つ<rt>ま</rt></ruby>→待<ruby>たない<rt>ま</rt></ruby>→待<ruby>た<rt>ま</rt></ruby>→待たせる
笑<ruby>う<rt>わら</rt></ruby>→笑<ruby>わない<rt>わら</rt></ruby>→笑<ruby>わ<rt>わら</rt></ruby>→笑わせる

(2) 第二類(一段動詞)

去掉動詞辭書形辭尾 "る" 再加上 "させる" 就可以了。

例如：

浴<ruby>びる<rt>あ</rt></ruby>→浴<ruby>び<rt>あ</rt></ruby>→浴<ruby>びさせる<rt>あ</rt></ruby>
入<ruby>れる<rt>い</rt></ruby>→入<ruby>れ<rt>い</rt></ruby>→入<ruby>れさせる<rt>い</rt></ruby>
変<ruby>える<rt>か</rt></ruby>→変<ruby>え<rt>か</rt></ruby>→変<ruby>えさせる<rt>か</rt></ruby>

(3) 第三類(カ・サ変動詞)

將来變成 "来<ruby>させる<rt>こ</rt></ruby>" ；將する變成 "させる" 就可以了。

例如：

来<ruby>る<rt>く</rt></ruby>→来<ruby>させる<rt>こ</rt></ruby>
する→させる
散歩<ruby>する<rt>さんぽ</rt></ruby>→散歩<ruby>させる<rt>さんぽ</rt></ruby>

◆請寫出下列表中動詞的使役形

読む	
入（はい）る	
遊（あそ）ぶ	
歩く	
曲（ま）げる	
辞（や）める	
失（な）くす	
消（け）す	
笑（わら）う	
止（と）まる	
説明（せつめい）する	
覚（おぼ）える	
集（あつ）める	
切（き）る	
掃除（そうじ）する	
予約（よやく）する	
考（かんが）える	
貸（か）す	
迎（むか）える	
捨（す）てる	

（さ）せられる

【動詞未然形】＋（さ）せられる。表示被迫。被某人或某事物強迫做某動作，且不得不做。含有不情願、感到受害的心情。這是從使役句的「XがYにNをV-させる」變成為「YがXにNをV-させられる」來的，表示Y被X強迫做某動作。中文的意思是「被迫…」、「不得已…」。

例句

しゃちょう むずか しごと
社長に、難しい仕事をさせられた。

社長讓我做困難的工作。

社長十分嚴格，特別是對我，每次都會找一些難題來考我。這次竟要我一天內，把公司倉庫裡10年來所有的檔案，按類別分好。我的天啊！

被強迫的「私」是主語，用助詞「が」，強迫人家的社長用「に」，被強迫的內容「難しい仕事」用「を」表示。

かれ しょくじ ぼく かね はら
1 彼と食事すると、いつも僕がお金を払わせられる。

每次要跟他吃飯，都是我付錢。

はなこ しゃちょう むすこ けっこん
2 花子はいやいや社長の息子と結婚させられた。

花子心不甘情不願地被安排和社長的兒子結婚。

わか ふたり りょうしん わか
3 若い二人は、両親に別れさせられた。

兩位年輕人被父母強迫分開。

こうえん ひろ
4 公園でごみを拾わせられた。

被迫在公園撿垃圾。

使役被動形

◆動詞的使役被動形變化

(1) 第一類(五段動詞)

將動詞辭書形變成"ない"形，然後去掉"ない"，最後加上"（さ）せられる或される"就可以了。（五段動詞時常把「（さ）せられる」縮短成「される」。也就是「せら(sera)」中的(er)去掉成為「さ(sa)」）

例如：

会う　→会わない　→会わ　→会わせられる　→会わされる
終わる→終わらない→終わら→終わらせられる→終わらされる
帰る　→帰らない　→帰ら　→帰らせられる　→帰らされる

另外，サ行動詞的變化比較特別。同樣地，把動詞辭書形變成"ない"形，然後去掉"ない"，最後加上"せられる"就可以了。

返す→返さない→返さ→返させられる
話す→話さない→話さ→話させられる

(2) 第二類(一段動詞)

將動詞辭書形變成"ない"形，然後去掉"ない"，最後加上"させられる"就可以了。

例如：

疲れる→疲れない→疲れ→疲れさせられる
付ける→付けない→付け→付けさせられる
止める→止めない→止め→止めさせられる

(3) 第三類(カ・サ変動詞)

將来る變成"来させられる"；將する變成"させられる"就可以了。

例如：

来る→来させられる
する→させられる
電話する→電話させられる

◆請寫出下列表中動詞的使役被動形

作る	
かける	
食^たべる	
見る	
食事^{しょくじ}する	
届^{とど}ける	
吸^すう	
わかる	
降^おりる	
やめる	
失^なくす	
なる	
呼^よぶ	
始^{はじ}める	
払^{はら}う	
する	
閉^しめる	
負^まける	
勝^かつ	
忘^{わす}れる	

12 ずに

【動詞未然形】＋ずに。表示以否定的狀態或方式來做後項的動作，或產生後項的結果。語氣比較生硬，多用在書面上。意思跟「…ないで」相同，但是不能後接「ください」、「ほしい」。動詞是「する」的時候，要變成「せずに」。中文的意思是「不…地」、「沒…地」。

例句

切手を貼らずに手紙を出しました。

沒有貼郵票就把信寄出。

> 「切手を貼る」（貼郵票）用「ず」表示否定，指在沒有貼郵票的狀態下，就「手紙を出しました」（把信寄出去了）。

> 嘻嘻…吃飽飯順便散步去寄信，工作兼減肥，我真聰明…咦？郵票怎麼還在我手上？！不…我忘記貼郵票就把信投進郵筒了！(岡)

比較

> ず（に）→「ず」雖是文言，但「ずに」現在使用得也很普遍。
>
> ぬ（不）→是文言，常出現在俚語或慣用語中。

---

1 連絡せずに、仕事を休みました。
  沒有聯絡就請假了。

---

2 何にも食べずに寝ました。
  什麼都沒吃就睡了。

---

3 太郎は勉強せずに遊んでばかりいる。
  太郎不讀書都在玩。

---

4 塩を使わずに料理をした。
  煮菜不加鹽巴。

13 命令形

表示命令。一般用在命令對方的時候，由於給人有粗魯的感覺，所以大都是直接面對當事人說。一般用在對孩子、兄弟姊妹或親友時。也用在遇到緊急狀況或吵架的時候。還有交通號誌等。中文的意思是「給我…」、「不要…」。

例句

うるさいなあ。静(しず)かにしろ！

很吵耶，安靜一點！

弟弟好不容易睡著了，不要吵啦！

命令女兒給我安靜點，「給我…」就用「する」的命令形「しろ」。

---

1 早(はや)く起(お)きろ、運動会(うんどうかい)に遅(おく)れるよ。
　　快點起床，不然運動會要遲到了！

---

2 早(はや)くここに来(き)なさい。
　　快點到這裡來！

---

3 そのお金(かね)を私(わたし)にくれ。
　　給我那筆錢。

---

4 警官(けいかん)が来(き)たぞ。逃(に)げろ！
　　警察來了，快逃！

命令形

◆動詞的命令形變化

(1) 第一類(五段動詞)

　　將動詞辭書形的詞尾，變成え段音(え、け、せ、て、ね…)假名就可以了。

例如：

　　送^{おく}る→送^{おく}れ

　　押^おす→押^おせ

　　脱^ぬぐ→脱^ぬげ

(2) 第二類(一段動詞)

　　去掉動詞辭書形的詞尾る，然後加上"ろ"就可以了。

例如：

　　入^いれる→入^いれろ

　　閉^しめる→閉^しめろ

　　変^かえる→変^かえろ

(3) 第三類(カ・サ変動詞)

　　將来る變成"来^こい"；する變成"しろ"就可以了。

例如：

　　来^くる→来^こい

　　する→しろ

　　持^もって来^くる→持^もって来^こい

◆請寫出下列表中動詞的命令形

案内<ruby>あんない</ruby>する	
歌<ruby>うた</ruby>う	
勝<ruby>か</ruby>つ	
降<ruby>お</ruby>りる	
遊<ruby>あそ</ruby>ぶ	
回<ruby>まわ</ruby>す	
見<ruby>み</ruby>せる	
教<ruby>おし</ruby>える	
捨<ruby>す</ruby>てる	
入<ruby>い</ruby>れる	
心配<ruby>しんぱい</ruby>する	
する	
練習<ruby>れんしゅう</ruby>する	
付<ruby>つ</ruby>ける	
曲<ruby>ま</ruby>がる	
走<ruby>はし</ruby>って来<ruby>く</ruby>る	
取<ruby>と</ruby>る	
動<ruby>うご</ruby>く	
返<ruby>かえ</ruby>す	
かぶる	

14 …の（は／が／を）

【名詞修飾短語】＋の（は・が・を）。前接名詞修飾短句，使其名詞化，成為後面的句子的主語或目的語。用「のは…です」的句型，表示強調。想強調句子裡的某一部分，就放在「の」的後面；又後接知覺動詞（透過感覺器官，去感知外在事物）「見える、聞こえる」，成為知覺動詞的對象時。也可以接「手伝う、待つ」等配合某一事態而做的動作，還有「やめる、止める」等動詞。中文意思是：「的是…」。

例句

昨日ビールを飲んだのは花子です。
昨天喝酒的是花子。

下班約幾個同事上小酒館喝酒的粉領族，現在是越來越普遍了。也就是說，日本女性喝酒的人口越來越多了。

昨天是誰喝酒呢？看「のは」的後面就知道了，原來是「花子」了。這句話要強調的是「花子」喔！「のは」有把兩個句子連在一起的功能。

1 昨日花子が飲んだのはビールです。
昨天花子喝的是啤酒。

2 花子がビールを飲んだのは昨日です。
花子是昨天喝啤酒。

3 花子が歌っているのが聞こえます。
可以聽到花子在唱歌。

4 子供が泳いでいるのを見ていました。
我看著小孩子游泳。

15 こと

【名詞修飾短句】＋こと。做各種形式名詞用法。前接名詞修飾短句，使其名詞化，成為後面的句子的主語或目的語。「こと」跟「の」有時可以互換。但只能用「こと」的有：表達「話す、伝える、命ずる、要求する」等動詞的內容、後接的是「です、だ、である」、固定的表達方式「ことができる」等。

例句

みんなに会えることを楽しみにしています。
很期待與大家見面。

> 哇！打扮得好漂亮呢！女孩要幹什麼呢？原來是「みんなに会える」（能跟大家見面）。

> 跟大家見面的心情如何呢？看後面那一句「楽しみにしています」（很期待）。

> 「みんなに会えること」在這句話成為「楽しみにしています」的目的語。還有，「ことを」在有把兩個句子連在一起的功能。

比較

こと→成為內容或抽象的事物用「こと」。

の→具體的行為或感覺的對象用「の」。

---

1 美しい絵を見ることが好きです。
喜歡看美麗的畫。

---

2 生きることは本当にすばらしいです。
人活著這件事真是太好了！

---

3 日本人が英語を話すことは難しい。
說英文對日本人而言很困難。

---

4 そのパーティーに出席することは難しい。
想出席那個派對很難。

【簡體句】＋ということだ。表示傳聞，直接引用的語感強。一定要加上「という」。中文的意思是「聽說…」、「據說…」。

例句

田中<ruby>田中<rt>た なか</rt></ruby>さんは、<ruby>大学入試<rt>だいがくにゅうし</rt></ruby>をうけるということだ。

聽說田中先生要考大學。

1 <ruby>部長<rt>ぶ ちょう</rt></ruby>は、<ruby>来年帰国<rt>らいねん き こく</rt></ruby>するということだ。
聽說部長明年會回國。

2 <ruby>物価<rt>ぶっ か</rt></ruby>が<ruby>来月<rt>らいげつ</rt></ruby>はさらに<ruby>上<rt>あ</rt></ruby>がるということだ。
據說物價下個月會再往上漲。

3 <ruby>花子<rt>はな こ</rt></ruby>が<ruby>来週結婚<rt>らいしゅうけっこん</rt></ruby>するということだ。
聽說花子下個禮拜要結婚了。

4 <ruby>田中<rt>た なか</rt></ruby>さんは、<ruby>今日会社<rt>きょうかいしゃ</rt></ruby>を<ruby>休<rt>やす</rt></ruby>むということだ。
聽說田中先生今天要請假。

17 ていく

【動詞連用形】＋ていく。（1）保留「行く」的本意，也就是某動作由近而遠，從說話人的位置、時間點離開。「…去」的意思；（2）表示動作或狀態，越來越遠地移動或變化，或動作的繼續、順序。多指從現在向將來。「…下去」的意思。

太郎はこの家から出て行きました。

太郎離開了這個家。

太郎離開這個家了。

太郎從「この家」（這個家），越來越遠的移動了「出て行きました」。

---

1 川の水がさらさらと流れていきました。

河水嘩啦嘩啦地流逝了。

---

2 これから、天気はどんどん暖かくなっていくでしょう。

今後天氣會漸漸回暖吧！

---

3 今後も、まじめに勉強していきます。

今後也會繼續用功讀書的。

---

4 ますます技術が発展していくでしょう。

技術會愈來愈進步吧。

18 てくる

【動詞連用形】＋てくる。（1）保留「来る」的本意，也就是由遠而近，向說話人的位置、時間點靠近。「…來」的意思；（2）表示動作從過去到現在的變化、推移，或從過去一直繼續到現在。「…起來」、「…過來」的意思；（3）表示在其他場所做了某事之後，又回到原來的場所。「去…」之意。

例句

でんしゃ おと き
電車の音が聞こえてきました。
聽到電車越來越近的聲音了。

電車來了，怎麼知道呢？

因為「電車の音」（電車的聲音），「聞こえてきました」（越來越大聲），知道電車是向說話人的地方靠近了。

比較

てくる→向説話者的位置、時間點靠近。

ていく→從説話者的位置、時間點離開。

おお いし お
1 大きな石ががけから落ちてきた。
巨石從懸崖掉了下來。

まつ ひ ちか
2 お祭りの日が、近づいてきた。
慶典快到了。

たいよう で ゆき と
3 太陽が出たので、だんだん雪が解けてきた。
太陽出來了，所以雪便逐漸溶化了。

まち あい
4 この街は、みなに愛されてきました。
這條街一直深受大家的喜愛。

19 てみる

【動詞連用形】＋てみる。表示嘗試著做前接的事項，由於不知道好不好，對不對，所以嘗試做做看。是一種試探性的行為或動作，一般是肯定的說法。其中的「みる」是抽象的用法，所以用平假名書寫。中文的意思是「試著（做）…」。

例句

このおでんを食（た）べてみてください。
請嚐看看這個關東煮。

下班後，高橋先生找同事到路邊攤喝兩杯。聽說這攤子的關東煮很好吃。

是不是真的好吃呢？高橋叫同事「食べてみてください」（嚐嚐看）。

比較

てみる→表示為了瞭解某物或某事，而試探性地實際採取某行為。

てみせる→為了讓別人理解，而做出實際的動作。

---

1 一度（いちど）富士山（ふじさん）に登（のぼ）ってみたいです。
我想爬一次富士山看看。

---

2 靴（くつ）を買（か）う前（まえ）に履（は）いてみました。
買鞋子前先試穿看看。

---

3 最近（さいきん）話題（わだい）になっている本（ほん）を読（よ）んでみました。
我看了最近熱門話題的書。

---

4 珍（めずら）しい店（みせ）ですから、ぜひ行（い）ってみてください。
因為那家店很特別，請務必去看看。

㉒ てしまう

【動詞連用形】＋てしまう。（1）表示動作或狀態的完成。「…完」的意思。常接「すっかり、全部」等副詞、數量詞。如果是動作繼續的動詞，就表示積極地實行並完成其動作；（2）表示出現了說話人不願意看到的結果，含有遺憾、惋惜、後悔等語氣。這時候一般接的是無意志的動詞。若是口語縮約形的話，「てしまう」是「ちゃう」，「でしまう」是「じゃう」。

例句

部屋はすっかり片付けてしまいました。
房間全部整理好了。

房間整理得好乾淨喔！

「てしまう」接在「片付ける」後面，表示整理的這個動作結束了。

---

1 小説は一晩で全部読んでしまった。
　　小說一個晚上就全看完了。

---

2 宿題は1時間でやってしまった。
　　作業一個小時就把它完成了。

---

3 コップを壊してしまいました。
　　弄破杯子了。

---

4 失敗してしまって、悲しいです。
　　失敗了很傷心。

問I （　）の　ところに　何を　入れますか。1・2・3・4から
　　　いちばん　いい　ものを　一つ　えらびなさい。

1 隣の　人（　　）　足を　踏まれました。
　　1 や　　　　　　　2 の　　　　　　　3 で　　　　　　　4 に

2 父に　アルバイト（　　）　やめさせられました。
　　1 へ　　　　　　　2 を　　　　　　　3 に　　　　　　　4 で

3 台風（　　）　窓が　壊れました。
　　1 に　　　　　　　2 で　　　　　　　3 と　　　　　　　4 を

4 彼女に　1時間（　　）　待たされました。
　　1 も　　　　　　　2 や　　　　　　　3 しか　　　　　　4 でも

5 その　仕事、私（　　）　やらせて　ください。
　　1 を　　　　　　　2 で　　　　　　　3 が　　　　　　　4 に

6 カメラなら、日本の（　　）　いいと　思います。
　　1 に　　　　　　　2 を　　　　　　　3 が　　　　　　　4 で

問II （　）の　ところに　何を　入れますか。1・2・3・4から
　　　いちばん　いい　ものを　一つ　えらびなさい。

1 受験者は　順番に　名前を　（　　）ので、この　部屋で　お待ち
くださいい。
　　1 呼びさせます　2 呼びれます　　　3 呼ばれます　　　4 呼ばされます

2 お嬢さんと 結婚（　　）ください。

1 させられて　　　2 させて　　　　　3 しられて　　　4 しせて

3 長い 時間、（　　）すみません。

1 お待ちして　　　2 お待ちさせて　　3 お待たせて　　4 お待たせして

4 子どもたちに 野菜を （　　）のは 大変です。

1 食べられる　　　2 食べる　　　　　3 食べます　　　4 食べさせる

5 大きな 音を 出して 赤ちゃんを （　　）て しまった。

1 驚い　　　　　　2 驚かせ　　　　　3 驚き　　　　　4 驚く

6 部長は もう お（　　）に なりました。

1 かえり　　　　　2 かえる　　　　　3 かえった　　　4 かえって

7 公園まで （　　） いこう。

1 はしった　　　　2 はしり　　　　　3 はしって　　　4 はしると

8 昨日は 友達と あの レストランに （　　）みました。

1 行き　　　　　　2 行った　　　　　3 行く　　　　　4 行って

問題III　（　　）の ところに 何を 入れますか。1・2・3・4か
　　　　ら いちばん いい ものを 一つ えらびなさい。

1 今から 試験問題が （　　）。

1 配ります　　　　2 配させます　　　3 配されます　　4 配られます

2 小林君は 田中君に （　　　）。

1 殴りました　　2 殴られました　3 殴されました　4 殴りません

3 友達の 誕生日パーティーに （　　　）。

1 招待しました　　　　　　　　2 招待させました

3 招待さられました　　　　　　4 招待されました

4 どろぼうに かばんを （　　　）。

1 盗みました　　2 盗まれました　3 盗みません　4 盗ませました

5 先生は 夏休みの 宿題として 生徒たちに 作文を（　　　）。

1 書きました　　　　　　　　　2 書かれました

3 書かせました　　　　　　　　4 書きせました

6 先生、私が この 町を ご案内（　　　）。

1 です　　　　　2 します　　　　3 くださいます　4 なさいます

7 学校から 帰るとき 雨に （　　　）。

1 降りました　　2 降ります　　　3 降られました　4 降させました

8 向こうから 犬が 走って （　　　）。

1 した　　　　　2 いきました　　3 きました　　　4 みました

9 あんまり 親に 心配（　　　）。

1 させたくない　　　　　　　　2 られたくない

3 したくない　　　　　　　　　4 しられたくない

10 学校に （　　　）来て ください。

1 遅れなく　　　2 遅れずに　　　3 遅れない　　　4 遅れずで

78

第三章
句型(1)

意向形

◆動詞的意向形變化

(1)第一類(五段動詞)

　　將動詞辭書形的詞尾，變為お段音（お、こ、そ、と…）假名，然後加
　　上"う"讓它變長音就可以了。

例如：

　　会う→会お→会おう
　　住む→住も→住もう
　　立つ→立と→立とう

(2)第二類(一段動詞)

　　去掉動詞辭書形的詞尾る，然後加上"よう"就可以了。

例如：

　　降りる→降り→降りよう
　　開ける→開け→開けよう
　　捨てる→捨て→捨てよう

(3)第三類(カ・サ変動詞)

　　將来る變成"来よう"；將する變成"しよう"就可以了。

例如：

　　来る→来よう
　　する→しよう
　　連れて来る→連れて来よう

◆請寫出下列表中動詞的意向形

思う	
走る	
見せる	
取る	
教える	
笑う	
考える	
かける	
曲がる	
投げる	
閉める	
待つ	
泣く	
勝つ	
終わる	
降りる	
吸う	
忘れる	
見物する	
始める	

1 ようと思う

【動詞意向形】＋ようと思う。表示說話人的打算或意圖。用句型「（よ）うと思う」，表示說話人告訴聽話人，說話當時自己的想法。用句型「（よ）うと思っている」表示說話人在某一段時間持有的打算。中文的意思是「我想…」、「我要…」。與陳述說話人希望的「たいと思います」相比，「（よ）うと思う」具有採取某種行動的意志，且動作實現的可能性很高。而「たいと思います」是不管實現的可能性是高或低都可以使用。

例句

みんなにお土産を買ってこようと思います。

我想買點當地名產給大家。

好不容易一趟日本京都之旅，除了用手機把當地優雅的風景，現場直接傳給家人。還想要買點名產，回去送大家呢！

在飯店趁大家休息的時候，田中跟同房的人說，想到飯店外面去買點名產。「ようと思います」（想要），是田中在飯店說話當時表示的意志。

---

1 日曜日はこのDVDを見ようと思っています。

我想在禮拜天看這片DVD。

2 特急で行こうと思う。

想搭特急前往。

3 柔道を習おうと思っている。

想學柔道。

4 お正月は北海道に行こうと思います。

過年我想去北海道。

---

2 よう

【動詞意向形】＋よう。表示說話者的個人意志行為，準備做某件事情，或是用來提議、邀請別人一起做某件事情。「ましょう」是較有禮貌的說法。中文的意思是「…吧」。

例句

雨が降りそうだから、早く帰ろう。

好像快下雨了，所以快點回家吧。

奇怪！天空這麼陰暗，該不會要下雨了吧？氣象預報說不會下雨的啊！

這裡是把動詞「帰る」加上意向形的「よう」，也就是詞尾把「う段改成お段，再加う」「帰る→帰ろ＋う」，表示眼看著就要下雨了，說話人準備回家這一想法。

---

1 もう少しだから、がんばろう。

只剩一點點了，一起加油吧。

2 みんな行くなら、私も行こう。

如果大家都要去，那我也去吧。

3 今年こそ、たばこをやめよう。

今年一定要戒菸。

3 つもりだ

【動詞連體形】＋つもりだ。表示意志、意圖。既可以表示說話人的意志、預定、計畫等。也可以表示第三人稱的意志。有說話人的打算是從之前就有，且意志堅定的語氣。前面要接連體形。否定形是「ないつもりだ」。「打算⋯」、「準備⋯」的意思。

例句

しばらく会社を休むつもりです。

打算暫時向公司請假。

某一天，櫻子跟老公提出了自己的想法。「つもり」（打算）前接「しばらく会社を休む」（暫時跟公司請長假）。表示櫻子事先就已經有這樣的打算，且意志還很堅強的。

櫻子生完小孩之後，為了小孩、家庭跟工作，忙得不可開交。櫻子最近這幾個月，老感到什麼事情都沒做好，所以決定暫時跟公司請長假。

比較

（よ）う（要，打算）→表示說話人，在說話的時間點，決定想進行那一行為。

つもりだ→想進行那一行為，並不一定是在說話的時間點，而是在那之前就有的決定或計畫。

---

1 後で説明をするつもりです。

打算稍後再說明。

---

2 国に帰ったら、父の会社を手伝うつもりです。

要是回國的話，打算去父親的公司幫忙。

---

3 卒業しても、日本語の勉強をつづけていくつもりだ。

即使畢業了，我也打算繼續學習日文。

---

4 みんなをうちに招待するつもりです。

打算邀請大家來家裡。

---

4 ようとする

【動詞意向形】＋ようとする。表示動作主體的意志、意圖。（1）表示努力地去實行某動作；（2）表示某動作還在嘗試但還沒達成的狀態，或某動作實現之前。主語不受人稱的限制。「想…」、「打算…」的意思。

例句

赤_{あか}ん坊_{ぼう}が歩_{ある}こうとしている。

嬰兒正嘗試著走路。

小嬰兒站起來了，搖搖擺擺走著，想到媽媽那裡呢！

「（よ）うとする」表示小嬰兒，努力地要站起來走路的情況。

---

1 そのことを忘_{わす}れようとしましたが、忘_{わす}れられません。

我想把那件事給忘了，但卻無法忘記。

---

2 テニスをやろうとしましたが、できませんでした。

雖然我試著打網球，但是還是不會打。

---

3 教室_{きょうしつ}を片付_{かたづ}けようとしていたら、先生_{せんせい}が来_きた。

正打算整理教室時老師就來了。

---

4 車_{くるま}を運転_{うんてん}しようとしたら、かぎがなかった。

正想開車才發現沒有鑰匙。

5 ことにする

【動詞連體形】＋ことにする。表示說話人以自己的意志，主觀地對將來的行為做出某種決定、決心。大都用在跟對方報告自己決定的事。前接動詞連體形，表示意志要做某件事。用過去式「ことにした」表示決定已經形成。「決定…」的意思。若用「ことにしている」的形式，則表示因某決定，而養成了習慣或形成了規矩。「習慣…」的意思。

例句

警察に連絡することにしました。
決定要報警。

> 櫻子家隔壁住了幾個年輕人，每天晚上音響都放到最大聲，且吵到半夜兩三點。櫻子勸說了幾次，對方還是不見改善。櫻子受不了了，決定要報警。

> 自己做出報警的決定，就用「ことにしました」這個句型。

比較

ことにする→説話者自己決定的事情。

ことになる→説話者以外的人，決定的事情。

---

1 大阪に引っ越すことにしました。
決定搬到大阪。

2 一月に一回、母に電話することにした。
決定一個月打一次電話給母親。

3 今日からタバコを吸わないことにしました。
今天起我決定不抽煙了。

4 毎朝ジョギングすることにしています。
我習慣每天早上都要慢跑。

⑥ にする

【體言・副助詞】＋にする。表示決定、選定某事物。「決定…」、「叫…」的意思。

例句

まいちゃんは、何にする？

小舞，你要點什麼？

田中帶女同事小舞去吃壽司，看到師傅手上新鮮的鮪魚，小舞好興奮！

田中也看得很高興，真想趕快嚐鮮，所以趕快問小舞，「何にする」（你點什麼啊）！「にする」常用在點菜的時候喔！

---

1 この黒いオーバーにします。

我要這件黑大衣。

---

2 私はこのタイプのパソコンにします。

我要這款電腦。

---

3 朝寝坊しちゃったから、朝ごはんは牛乳にしました。

因為睡過頭了，所以早餐就喝牛奶。

---

4 女の子が生まれたら、名前は桜子にしよう。

如果生的是女孩，名字就叫櫻子。

7 お…ください

【お動詞連用形・ごサ變動詞詞幹】＋ください。用在對客人、屬下對上司的請求。這也是為了表示敬意而抬高對方行為的表現方式。尊敬程度比「てください」要高。「ください」是「くださる」的命令形。中文的意思是「請…」。

例句

山田様_{やまだ さま}、どうぞお入_{はい}りください。

山田先生，請進。

山田先生跟團到夢寐以求的北海道玩，當晚住宿時，被分到一間單人房，導遊小姐帶山田先生到房間門口。

導遊小姐說：「どうぞお入りください」（請進）。由於「入る」（進入）是身為客人的山田先生的動作，所以前後加上「お…ください」，以提高客人的身份，表示尊敬。

---

1 ご存知_{ぞん じ}のことをお教_{おし}えください。

請告訴我您所知道的事。

---

2 あちらの席_{せき}にお移_{うつ}りください。

請您移到那邊的座位。

---

3 ここにコートをお掛_かけください。

請把外套掛在這裡。

---

4 お待_またせしました。どうぞお座_{すわ}りください。

久等了，請坐。

8 （さ）せてください

【動詞未然形・サ變動詞語幹】＋（さ）せてください。表示「我請對方允許我做前項」之意，是客氣地請求對方允許、承認的說法。用在當說話人想做某事，而那一動作一般跟對方有關的時候。中文的意思是「請允許…」、「請讓…做…」。

例句

あなたの作品をぜひ読ませてください。

請務必讓我拜讀您的作品。

佐藤老師的推理小說即將問世。報章、雜誌等媒體在出版前都有很高的評價。

佐藤老師的崇拜者高橋小姐，恭敬地請求老師務必讓她拜讀大作。所以用「（さ）せてください」（請允許我…）。

---

1 疲れたから、少し休ませてください。

有點累，請讓我休息一下。

---

2 祭りを見物させてください。

請讓我看祭典。

---

3 お礼を言わせてください。

請讓我致謝。

---

4 工場で働かせてください。

請讓我在工廠工作。

9 という

【用言終止形・體言】＋という。前面接名詞，表示後項的名稱或是內容。「叫做…」的意思。

例句

「竹取物語」という日本の昔話を知っていますか。

你知道「竹取物語」這個日本的傳統故事嗎？

> 欸！你聽過竹取物語嗎？！不就是美貌的竹取公主吸引了公卿王侯甚至天皇熱烈的求婚，她運用智慧一一拒絕，最後在某年的中秋夜，穿上天羽衣飛回月世界啊。

> 「という」前接名詞（竹取物語），表示說話人問的是日本傳統故事名稱叫「竹取物語」。

1　北海道の美瑛というところに遊びに行ってきました。
　　我去北海道一個叫美瑛的地方玩。

2　昨日、中山さんという人が訪ねてきました。
　　昨天，一個名叫中山的人前來拜訪。

3　これは日本語で何という意味ですか。
　　這個在日語來說是什麼意思呢？

---

10 はじめる

【動詞連用形】＋はじめる。表示前接動詞的動作、作用的開始。前面可以接他動詞，也可以接自動詞。「開始…」的意思。

例句

たいふう き かぜ ふ
台風が来て、風が吹きはじめた。

颱風登陸，開始颳起風來了。

> 颱風又來了，聽說今早登陸，而且還來勢洶洶的！

> 花子一早出門辦事，本來還沒事。但9點多走在路上，風卻「吹きはじめた」（開始颳起風來），連站都站不穩，還差點被商店的招牌砸到呢！

比較

はじめる→繼續的動作中，説話者的著眼點在開始的部分。

かける（…到一半）→表示動作已開始，做到一半。

---

1 ベルが鳴りはじめたら、書くのをやめてください。
鈴聲響起後就不要再寫了。

こども げんき はし はじ
2 みんなが子供のように元気に走り始めた。
大家像孩子般地，精神飽滿地跑了起來。

とつぜん かのじょ な はじ
3 突然、彼女が泣き始めた。
她突然哭了起來。

さけ の ねむ
4 お酒を飲んだら、眠くなりはじめた。
喝了酒便開始想睡覺了。

だす

【動詞連用形】＋だす。跟「はじめる」幾乎一樣。表示某動作、狀態的開始。「…起來」的意思。

例句

けっこん ひと ふ
結婚しない人が増えだした。
不結婚的人多起來了。

> 因此「結婚しない人」（不結婚的人），這一狀態，「増えだした」（多起來了）。

> 最近日本女性進社會工作的人越來越多，相對的經濟能力也獨立了。再加上嚮往自由，不想被婚姻束縛的人也越來越多。

比較

だす→繼續的動作中，説話者的著眼點在開始的部分。

かける（…到一半）→表示動作已開始，做到一半。

---

1 はな ひら
ばらの花が開きだした。
玫瑰花開始綻放了。

---

2 くつ はし
靴もはかないまま、走りだした。
沒穿鞋就這樣跑起來了。

---

3 てんき よほう じ ゆき ふ
天気予報によると、7時ごろから雪が降りだすそうです。
根據氣象報告說7點左右將開始下雪。

---

4 ゆ わ
お湯が沸きだしたから、ガスをとめてください。
水開了，請把瓦斯關掉。

【形容詞、形容動詞詞幹・動詞連用形】＋すぎる。表示程度超過限度，超過一般水平，過份的狀態。含有由於過度，而無法令人滿意或喜歡；也有已經過時的意思。「太…」、「過於…」的意思。

例句

肉を焼きすぎました。
肉烤過頭了。

唉呀！糟了！肉焦掉了。

肉烤得太焦用「焼きすぎました」。含有烤得過度，而令人感到不滿意的含意。

1 君ははっきり言いすぎる。
你說得太露骨了。

2 この問題は彼女にとっては難しすぎる。
這個問題對她來說太難了。

3 この機械は、不便すぎます。
這機械太不方便了。

13 ことができる

【動詞連體形】＋ことができる。表示技術上、身體的能力上，是有能力做的；或是在外部的狀況、規定等客觀條件允許時可能做。說法比「可能形」還要書面語一些。「能…」、「會…」的意思。

例句

ここから、富士山をご覧になることができます。

從這裡可以看到富士山。

> 「ご覧になることができます」（可以看得到）是在外部條件，山丘上的高台，而且天氣放晴的客觀條件下，就有可能看得到「富士山」。

> 在天氣晴朗的午後，小林先生帶著社長千金，到橫濱鶴見的山坡上看富士山。富士山好美喔！

> 由於小林是對社長千金說話，所以用「見る」的敬語「ご覧になる」（您看）。

---

1 屋上でサッカーをすることができます。
頂樓可以踢足球。

2 私も会場に入ることができますか。
我也可以進會場嗎？

3 車は、急に止まることができない。
車子無法突然停下。

4 こうしてもいいが、そうすることもできる。
這樣也可以，但也可以那樣做。

14 （ら）れる

【一段動詞、カ變動詞未然形】＋られる；【五段動詞未然形・サ變動詞未然形さ】＋れる。表示可能，跟「ことができる」意思幾乎一樣。只是「可能形」比較口語。（1）表示技術上、身體的能力上，是具有某種能力的。「會…」的意思；（2）從周圍的客觀環境條件來看，有可能做某事。「能…」的意思。日語中，他動詞的對象用「を」表示，但是在使用可能形的句子裡「を」就要改成「が」。

例句

わたし　　　　　　　　　おど
私はタンゴが踊れます。

我會跳探戈。

小時候我就對舞蹈很感興趣，所以舞蹈的練習一直都沒有中斷過。

「タンゴが踊れます」（會跳探戈）表示由於從小的訓練，所以具有跳探戈的技術。「踊れます」是「踊る」的能力可能形。

---

1 わたし　　　　　　　　　　　　　　およ
私は200メートルぐらい泳げます。

我能游兩百公尺左右。

2 　　　　　　　　　はし　つか
マリさんはお箸が使えますか。

瑪麗小姐會用筷子嗎？

3 　　　　　　　かね も
だれでもお金持ちになれる。

誰都可以變成有錢人。

---

4 あたら　　しょうひん　と　か
新しい商品と取り替えられます。

可以與新產品替換。

可能形

◆動詞的可能形變化

(1) 第一類(五段動詞)

　　將動詞辭書形的詞尾，變為え段音(え、け、せ、て、ね…)假名，然後
　　加上 "る" 就可以了。

例如：

　　行く→行け→行ける
　　泳ぐ→泳げ→泳げる
　　買う→買え→買える

(2) 第二類(一段動詞)

　　去掉動詞辭書形的詞尾る，然後加上 "られる" 就可以了。

例如：

　　居る→居られる
　　起きる→起きられる
　　あげる→あげられる

(3) 第三類(カ・サ変動詞)

　　將来る變成 "来られる"；將する變成 "できる" 就可以了。

例如：

　　来る→来られる
　　する→できる
　　紹介する→紹介できる

◆請寫出下列表中動詞的可能形

送る	
飲_のむ	
聞_きく	
換_かえる	
待_まつ	
食事_{しょくじ}する	
出_だす	
終_おわる	
走_{はし}る	
休_{やす}む	
楽_{たの}しむ	
買_かい物_{もの}する	
かける	
出_でる	
会_あう	
切_きる	
吸_すう	
迎_{むか}える	
借_かりる	
怒_{おこ}る	

15 なければならない

【動詞未然形】】＋なければならない。表示義務和責任。無論是自己或對方，從社會常識或事情的性質來看，那樣做。一般用在對社會上的一般行為。口語上「なければ」說成「なきゃ」。「必須…」、「應該…」的意思。

不那樣做就不合理，有義務要口語上「なければ」說成「なきゃ」。「必須…」、「應該…」的意思。

例句

医者になるためには国家試験に合格しなければならない。

想當醫生，就必須通過國家考試。

為了「医者になる」（要當醫生），就必須「国家試験に合格する」（通過國家考試）。

必須通過國家考試這一關，是一種規定，必須要這樣做的，所以用「なければならない」（必須）。

比較

なければならない→表示有義務或必要做前面的動作。

ざるをえない（不得不…）→話中含有不愉快、不甘願的感情。

---

1 寮には夜11時までに帰らなければならない。

得在晚上11點以前回到宿舍才行。

---

2 このDVDは明日までに返さなければならない。

必須在明天以前歸還這個DVD。

---

3 大人は子供を守らなければならないよ。

大人應該要保護小孩呀！

---

4 9時半までに空港に着かなければなりません。

9點半以前要抵達機場才行。

16 なくてはいけない

【動詞未然形】＋なくてはいけない。表示義務和責任。多用在個別的事情，或對某個人。口氣比較強硬，所以一般用在上對下，或同輩之間。口語縮約形「なくては」為「なくちゃ」。有時也只說「なくちゃ」，而把後面省略掉。「必須…」的意思。

例句

法律は、ぜったい守らなくてはいけません。
法律一定要遵守。

鈴木跟客戶約下午2點碰面，眼看時間就快到了，所以加足馬力…。沒想到被女交通警察逮個正著。

不要開快車，很危險的！遵守交通規則可是每個人的義務啊！女警訓了他一頓。請你務必要守法就用「法律は、ぜったい守らなくてはいけません」。

---

1 寝る前には歯を磨かなくてはいけない。
睡覺前必須要刷牙。

---

2 来週までに、お金を払わなくてはいけない。
下星期前得付款。

---

3 授業の後で、復習をしなくてはいけませんか。
下課後一定得複習嗎？

---

4 風邪をひきやすいので、気をつけなくてはいけない。
容易感冒所以得注意一點。

17 なくてはならない

【動詞未然形】＋なくてはならない。表示根據社會常理來看、受某種規範影響，或是有某種義務，必須去做某件事情。「必須…」、「不得不…」的意思。

例句

きょうじゅう に ほん ご さくぶん か
今日中に日本語の作文を書かなくてはならない。

今天一定要寫日文作文。

明天要上日文作文課，今天一定要把上次出的作文寫完！

用「なくてはならない」表示由於學校的規定，所以必須做「今天要寫完日文作文」這件事。

---

1 きゃく く へ や そうじ
お客さんが来るから部屋を掃除しなくてはならない。

有客人要來，所以必須打掃房間。

---

2 ねつ がっこう やす
熱があるから学校を休まなくてはならない。

因為發燒了，所以不得不向學校請假。

---

3 あした じ お
明日は5時に起きなくてはならない。

明天必須5點起床。

【動詞連體形】＋のに。「のに」除了表示前後的因果關係之外，還可以表示目的。相當於「のために」。這是助詞「に」，加上「以動詞連體形做謂語的名詞修飾短句＋の」而來的。

例句

掃除をするのに 1 日かかった。
我花了一整天打掃。

為了打掃，花了1整天。

「のに」前接的是目的「掃除をする」（打掃）。

---

1 このナイフはパンを切るのにいいです。
這個刀子很適合用來切麵包。

2 この小説を書くのに 5 年かかりました。
花了5年的時間寫這本小說。

3 この部屋は静かで勉強するのにいいです。
這房間很安靜很適合唸書。

4 部長を説得するのには実績が必要です。
要說服部長就需要有實際的功績。

19 のに（逆接・對比）

【動詞、形容詞普通形・體言・形容動詞な】＋のに。表示後項結果違反前項的期待，含有說話者驚訝、懷疑、不滿、惋惜等語氣。或是用來表示前項和後項呈現對比的關係。「明明…」、「卻…」、「但是…」的意思。

例句

その服、まだ着_{（き）}られるのに捨_{（す）}てるの。

那件衣服明明就還能穿，你要扔了嗎？

咦？那件衣服看起來還很好耶，為什麼要丟掉啊？

用「のに」，表示說話者對「好可惜啊…」的語氣。

---

1 小学生_{（しょうがくせい）}なのに漢字_{（かんじ）}をたくさん知_{（し）}っているね。

雖然只是小學生，但知道很多漢字呢。

---

2 この店_{（みせ）}は、おいしくないのに値段_{（ねだん）}は高_{（たか）}い。

這家店明明就不好吃卻很貴。

---

3 お姉_{（ねえ）}さんはやせているのに妹_{（いもうと）}は太_{（ふと）}っている。

姊姊很瘦，但是妹妹卻很胖。

20 …けれど／けど

【用言終止形】＋けれど、けど。逆接用法。表示前項和後項的意思或內容是相反的、對比的。是「が」的口語說法。「雖然」、「可是」、「但…」的意思。

例句
> 病院に行きましたけれど、悪いところは見つかりませんでした。
>
> 我去了醫院一趟，不過沒有發現異狀。

最近突然常常莫名感到胸悶、頭暈、食欲不振，於是今天去了醫院檢查。

幸好醫生說身體並無異狀，只是精神壓力大了一點。用「けれど」（雖然）表示去醫院檢查了，但沒有發現異狀。

---

1 平仮名は覚えましたけれど、片仮名はまだです。

我背了平假名，但還沒有背片假名。

2 晩ご飯はできましたけれど、家族がまだ帰ってきません。

晚餐煮好了，可是家人還沒回來。

---

3 買い物に行きましたけれど、ほしかったものはもうありませんでした。

我去買東西，但我想要的已經賣完了。

21 てもいい

【動詞連用形】＋てもいい。表示許可或允許某一行為。如果說的是聽話人的行為，表示允許聽話人某一行為。如果說話人用疑問句詢問某一行為，表示請求聽話人允許某行為。「…也行」、「可以…」的意思。

例句

今日（きょう）もう帰（かえ）ってもいいよ。

今天你可以回去了。

今天田中跟屬下山中為了簡報，忙了一整天。眼看該整理的資料也整理好了，又已經晚上8點了。

田中跟部屬山中說「今日もう帰ってもいいよ。」（今天你可以回去了）。「てもいい」（可以），表示允許山中「帰る」（回去）這個動作。

---

1 この試験（しけん）では、辞書（じしょ）を見（み）てもいいです。

這次的考試，可以看辭典。

---

2 やりたくないなら、無理（むり）にやらなくてもいいよ。

不想做的話，也不用勉強做。

---

3 窓（まど）を開（あ）けてもいいでしょうか。

可以打開窗戶嗎？

---

4 ここでタバコを吸（す）ってもいいですか。

可以在這裡抽煙嗎？

---

22 てもかまわない

【動詞、形容詞連用形】＋てもかまわない；【形容動詞詞幹・體言】＋でもかまわない。表示讓步關係。雖然不是最好的，或不是最滿意的，但妥協一下，這樣也可以。「即使…也沒關係」、「…也行」的意思。

例句

ホテルさえよければ、多少高くてもかまいません。
只要飯店好，貴一點也沒關係。

這家飯店一個晚上要20萬日圓呢！真貴！

老婆啊！只要飯店好，你住起來舒服就好啦！「多少高くてもかまいません」（貴一點）也沒關係啦！對飯店的價位過高，表示妥協，也沒關啦！用「てもかまいません」。

---

1 靴のまま入ってもかまいません。
直接穿鞋進來也沒關係。

---

2 この仕事はあとでやってもかまいません。
待會再做這份工作也行。

---

3 安いアパートなら、交通が不便でもかまいません。
只要是便宜的公寓，即使交通不便也沒關係。

---

4 このレポートは手書きでもかまいません。
這份報告用手寫也行。

㉓ てはいけない

【動詞連用形】＋てはいけない。表示禁止。（1）表示根據某種規則或一般的道德，不能做前項。常用在交通標誌、禁止標誌或衣服上洗滌表示等。是一種間接的表現。（2）根據某種理由、規則，直接跟聽話人表示不能做前項事情。由於說法直接，所以一般限於用在上司對部下，長輩對晚輩。「不准…」、「不許…」、「不要…」的意思。

例句

ベルが鳴るまで、テストを始めてはいけません。
在鈴聲響起前不能動筆作答。

考試規定「ベルが鳴るまで」（鈴聲響前），「テストを始める」（動筆作答）這個動作，是「てはいけません」（不允許的）。

「てはいけません」說法雖比較強勢，但由於是一種規定，所以即使面對的是「初対面の人」（第一次碰面的人），也是可以用的。

---

1 ここに駐車してはいけない。
不許在此停車。

---

2 熱のある人はお風呂に入ってはいけない。
發燒的人不可以泡澡。

---

3 動物や虫を殺してはいけない。
不可殺動物或昆蟲。

---

4 このボタンには、ぜったい触ってはいけない。
這個按鍵絕對不可觸摸。

24 たことがある

【動詞過去式】＋ことがある。表示過去經歷過的經驗。但這個經驗必須是，不是普通的事，及離現在已有一段時間。所以不能用較近的時間詞，如「昨日、先週」等，但可以用表示很久的過去，如「昔、子供のとき」等。否定的說法是「ことがない」。「（曾經）…過」的意思。

例句

うん、僕はUFOを見たことがあるよ。

對，我有看過UFO。

十幾年前，我還在讀小學。有一天在回家路上，看到UFO從我頭上飛過！然後我整個人帶車，好像被吸上去一般，飄浮在空中好一段時間呢！

從「昔」（很久以前）跟不是普通的事「UFOを見た」（看過UFO）這兩個條件來看，就用「ことがある」，來表示過去的經驗。

---

1 彼は一度奥さんに逃げられたことがある。
他老婆曾跑掉過一次。

---

2 私は北京へ行ったことがあります。
我曾經去過北京。

---

3 私は、中学校でテニスの試合に出たことがあります。
我在中學曾參加過網球比賽。

---

4 沖縄の踊りを見たことがありますか。
你曾看過沖繩的舞蹈嗎？

つづける

【動詞連用形】＋つづける。表示某動作或事情還沒有結束，還繼續、不斷地處於同樣狀態。表示現在的事情要用「つづけている」。「連續…」、「繼續…」的意思。

例句

傷から血が流れつづけている。

傷口血流不止。

血繼續在流用「流れつづける」，由於這個動作是現在發生的，所以用「つづけている」。

咦呀！怎麼流血了？人家剛剛要拿信的時候，不小心被信箱凸出來的鐵塊割到了啦！

比較

つづける→持續著同一狀態的動作。

ぬく（…到底）→再怎麼困難的事，也能徹底完成。

1 店員さんは一日中たちつづけます。
　　店員持續站了一整天。

2 朝からずっと走りつづけて、疲れました。
　　從早上就一直跑，真累。

3 風邪が治るまで、この薬を飲みつづけてください。
　　這個藥請持續吃到感冒痊癒為止。

4 彼は、まだ甘い夢を見つづけている。
　　他還在做天真浪漫的美夢。

授受物品的表達方式。表示給予同輩以下的人，或小孩、動植物有利益的事物。句型是「給予人は（が）接受人に…をやる」。這時候接受人大多為關係親密，且年齡、地位比給予人低。或接受人是動植物。「給予…」、「給…」的意思。

例句

おうせつ ま はな みず
応接間の花に水をやってください。

把會客室的花澆一下。

會客室的花得澆一澆了。

這句話省掉了給予人的主詞，而接受者是「花」用「に」，要給予的是「水」用「を」表示，由於給予的對象是「花」，所以用「やる」。

---

1 わたし こども かし
私は子供にお菓子をやる。
我給孩子點心。

---

2 こうこうせい むすこ えいご じしょ
高校生の息子に、英語の辞書をやった。
我送就讀高中的兒子英文字典。

---

3 ことり なに
小鳥には、何をやったらいいですか。
餵什麼給小鳥吃好呢？

---

4 どうぶつえん どうぶつ た もの
動物園の動物に食べ物をやってはいけません。
不可以給動物園的動物食物。

---

27 てやる

【動詞連用形】＋てやる。表示以施恩或給予利益的心情，為下級或晚輩（或動、植物）做有益的事。基本句型是「給予人は（が）接受人に（を・の…）…を動詞てやる」。又表示因為憤怒或憎恨，而做讓對方不利的事「給…（做…）」的意思。

例句

（私は）弟と遊んでやったら、とても喜びました。

我陪弟弟玩，他非常高興。

由於家境清寒，家裡三個弟弟也沒有什麼玩具。在工地打零工的大哥我，今天一領薪水。就幫他們買了一個球。小弟們一拿到球就玩得好高興！

給予恩惠的是主語「私」，接受恩惠的是「弟たち」，給的東西是「ボール」。最後用「買ってやりました」（買給），表示給予人施加恩惠的動作。

---

1 自転車を直してやるから、持ってきなさい。

我幫你修腳踏車，去騎過來吧。

2 私は犬に薬を付けてやりました。

我幫狗狗塗了藥。

3 こんな給料の安い会社、いつでも辞めてやる。

薪水這麼低的公司，我隨時都可以不幹的。

4 東京にいる息子に、お金を送ってやりました。

寄錢給在東京的兒子了。

授受的表現

◆日語中，授受動詞是表達物品的授受，以及恩惠的授受。因為主語(給予人、接受人)的不同，所用的動詞也會不同。遇到此類題型時，一定要先弄清楚動作的方向詞，才不會混淆了喔！

◆授受的表現一覽

給予的人是主語	やる	給予的人＞接受的人 接受的人的地位、年紀、身分比給予的人低（特別是給予一方的親戚）、或者接受者是動植物
	さしあげる	給予的人＜接受的人 接受的人的地位、年紀、身分比給予的人高
	あげる	給予的人＝接受的人 給予的人和接受的人，地位、年紀、身分相當
	くれる	給予的人＝接受的人 接受的人是說話者（或屬說話者一方的），且給予的人和接受的人的地位、年紀、身分相當
	くださる	給予的人＞接受的人 接受的人是說話者（或屬說話者一方的），且給予的人比接受的人的地位、年紀、身分高
接受的人是主語	もらう	給予的人＝接受的人 給予的人和接受的人的地位、年紀、身分相當
	いただく	給予的人＞接受的人 給予的人的地位、年紀、身分比接受的人高

◆ 授受動詞圖示如下：

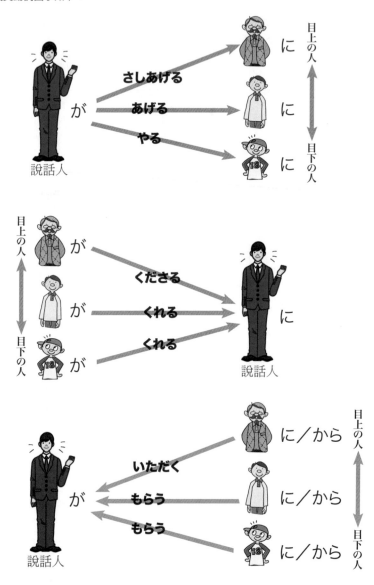

◆請選出最恰當的授受表現

1 先生が 駅まで 送って （　　　）。
A.あげた　　　　　　　　　　B.もらった
C.いただいた　　　　　　　　D.くださった

2 父は 私を 学校まで 送って （　　　　）。
A.あげた　　　　　　　　　　B.もらった
C.くれた　　　　　　　　　　D.さしあげた

3 私は 洋子さん （　　　） 誕生日プレゼントを あげました。
A.を　　　　　　　　　　　　B.が
C.から　　　　　　　　　　　D.に

4 わからない ところを クラスメート （　　　）教えて くれました。
A.に　　　　　　　　　　　　B.が
C.の　　　　　　　　　　　　D.と

5 友人に いつもの 所で （　　　）。
A.待ったもらった　　　　　　B.待ってもらった
C.待ったくれた　　　　　　　D.待ってくれた

28 あげる

授受物品的表達方式。表示給予人（說話人或說話一方的親友等），給予接受人有利益的事物。句型是「<u>給予人</u>は（が）<u>接受人</u>に…をあげます」。給予人是主語，這時候接受人跟給予人大多是地位、年齡同等的同輩。「給予…」、「給…」的意思。

例句

わたし　リー
私は李さんにCDをあげた。

我送了CD給李小姐。

上次陪李小姐逛唱片行時，記得她跟我說她最喜歡中島美嘉的這張專輯了。我就趁她生日時，送這張CD給她。

這句話主語的給予人是「私」，而接受人是「リーさん」（李小姐），東西是「CD」。由於李小姐跟說話人是平輩，所以用「あげた」（給）。

---

1 わたし　なかやまくん
私は中山君にチョコをあげた。

我給了中田同學巧克力。

---

2 わたし　じゅうしょ　　　　　　　　　てがみ
私の住所をあげますから、手紙をください。

給你我的地址，請寫信給我。

---

3 かれ　　　　　　　　　　　　　　　　　よろこ
彼にステレオをあげたら、とても喜んだ。

送他音響，他非常高興。

---

29 てあげる

【動詞連用形】＋てあげる。表示自己或站在自己一方的人，為他人做前項有益的行為。基本句型是「給予人は（が）接受人に（を・の…）…を動詞てあげる」。這時候接受人跟給予人大多是地位、年齡同等的同輩。是「てやる」的客氣說法。「（為他人）做…」的意思。

例句

わたし おっと いっさつ ほん か
私は夫に一冊の本を買ってあげた。

我給丈夫買了一本書。

老公的金錢觀真的很差，所以看到一本暢銷書，寫的是跟理財有關的內容，但敘述得像說故事一樣。所以決定買給老公看。

這句話的給予人是主詞「私」，接受人是「夫」，東西是「一冊の本」。最後用「買ってあげた」（買給）表示給予人施加恩惠的動作。

---

1 わたし ともだち ほん か
私は友達に本を貸してあげました。
我借給了朋友一本書。

---

2 わたし なかやまくん み
私は中山君にノートを見せてあげた。
我讓中山同學看了筆記本。

---

3 はな こ しゃしん うつ
花子、写真を写してあげましょうか。
花子，我來替妳拍張照片吧！

---

4 リー なかやま ちゅうごく ご おし
李さんは中山さんに中国語を教えてあげます。
李小姐教中山先生中文。

さしあげる

授受物品的表達方式。表示下面的人給上面的人物品。句型是「給予人は（が）接受人に…をさしあげる」。給予人是主語，這時候接受人的地位、年齡、身份比給予人高。是一種謙虛的說法。「給予…」、「給…」的意思。

例句

<ruby>私<rt>わたし</rt></ruby>は<ruby>社長<rt>しゃちょう</rt></ruby>に<ruby>資料<rt>しりょう</rt></ruby>をさしあげた。

我呈上資料給社長。

社長要我精算公司的成本，我花了一個星期終於做好了成本表，把資料整理好以後，就拿給社長。

這句話的主語是給予人「私」，接受人是「社長」，東西是「資料」，由於社長的地位、身份比「私」高，所以用「さしあげた」。

---

1 <ruby>私<rt>わたし</rt></ruby>たちは<ruby>先生<rt>せんせい</rt></ruby>に<ruby>お土産<rt>みやげ</rt></ruby>をさしあげました。

　　我送老師當地的特產。

---

2 <ruby>彼女<rt>かのじょ</rt></ruby>の<ruby>お父<rt>とう</rt></ruby>さんに<ruby>何<rt>なに</rt></ruby>をさしあげたのですか。

　　你送了她父親什麼？

---

3 <ruby>私<rt>わたし</rt></ruby>は<ruby>毎年<rt>まいとし</rt></ruby><ruby>先生<rt>せんせい</rt></ruby>に<ruby>年賀状<rt>ねんがじょう</rt></ruby>をさしあげます。

　　我每年都寫賀年卡給老師。

---

31 てさしあげる

【動詞連用形】＋てさしあげる。表示自己或站在自己一方的人，為他人做前項有益的行為。基本句型是「給予人は（が）接受人に（を・の…）…動詞てさしあげる」。給予人是主語。這時候接受人的地位、年齡、身份比給予人高。是「てあげる」更謙虛的說法。由於有將善意行為強加於人的感覺，所以直接對上面的人說話時，最好改用「お…します」。但不是直接當面說就沒關係。「（為他人）做…」的意思。

例句

わたし ぶ ちょう くうこう おく
私は部長を空港まで送ってさしあげました。
我送部長到機場。

昨天部長出差到北京分公司。今天課長問我，是誰送部長去機場的。我就說是我了。

這句話的主語是給予人「私」，接受人是「部長」，場所是「空港」。由於部長的身份、地位都比我高，所以用「送ってさしあげました」（送去）。

---

1 わたし せんせい くるま しゃこ い
私は先生の車を車庫に入れてさしあげました。
我幫老師把車停進了車庫。

---

2 なかやまくん しゃちょう くるま いえ おく
中山君は社長を車で家まで送ってさしあげました。
中山君開車送社長回家。

---

3 わたし せんせい おく に もつ も
私は先生の奥さんの荷物を持ってさしあげました。
我幫老師的夫人提行李。

---

4 きょうと あんない
京都を案内してさしあげました。
我帶他們去參觀京都。

くれる

表示他人給說話人（或說話一方）物品。這時候接受人跟給予人大多是地位、年齡相當的同輩。句型是「給予人<u>は（が）</u>接受人<u>に…を</u>くれる」。給予人是主語，而接受人是說話人，或說話人一方的人（家人）。給予人也可以是晚輩。中文的意思是「給…」。

例句

友達（ともだち）が私（わたし）にお祝（いわ）いの電報（でんぽう）をくれた。

朋友給了我一份祝賀的電報。

在我結婚的時候，還在美國唸書的好友阿明，給了我一通賀電。真叫人高興！

主語是給予人「友達」，接受人是結婚的「私」，東西是「お祝いの電報」（賀電）。由於兩人是平輩，所以用「くれた」。

---

1 李（リー）さんは私（わたし）にチョコをくれました。

　　李小姐給了我巧克力。

---

2 友達（ともだち）が私（わたし）におもしろい本（ほん）をくれました。

　　朋友給了我一本有趣的書。

---

33 てくれる

【動詞連用形】＋てくれる。表示他人為我，或為我方的人做前項有益的事。用在帶著感謝的心情，接受別人的行為時。這時候接受人跟給予人大多是地位、年齡同等的同輩。句型是「給予人は（が）接受人に（を・の…）…を動詞てくれる」。給予人是主語，而接受人是說話人，或說話人一方的人。給予人也可以是晚輩。「（為我）做…」的意思。

例句

同僚がアドバイスをしてくれた。

同事給了我意見。

跟我同時進公司的小林人很親切，他常在工作上給我不錯的建議。

這句話的主語是給予人「同僚」，接受人是「私」（有時可以省略），動作是「アドバイスをする」（給建議），由於兩人之間是同輩，所以用「てくれた」。

---

1 田中さんが仕事を手伝ってくれました。
田中先生幫我做事。

2 花子は私にかさを貸してくれました。
花子借傘給我。

3 山中さんがうちの子と遊んでくれました。
山中先生和我家小孩一起玩耍。

4 佐藤さんは私のために町を案内してくれました。
佐藤先生帶我參觀了這個市鎮。

對上級或長輩給自己（或自己一方）東西的恭敬說法。。這時候給予人的身份、地位、年齡要比接受人高。句型是「給予人は（が）接受人に…をくださる」。給予人是主語，而接受人是說話人，或說話人一方的人（家人）。中文的意思是「給…」、「贈…」。

例句

せんせい わたし とけい
先生が私に時計をくださいました。
老師送給我手錶。

出國留學前，老師送了一隻錶給我，希望我做事要掌握要領，並保握時間。

主語是給予人「先生」，接受人是「私」，東西是「時計」。由於是身份、地位高的老師，送給在下面的學生，所以用「くださいました」，表示說話人（接受人）的恭敬與感謝的心情。

---

1 せんぱい わたし ほん
先輩は私たちに本をくださいました。
學長送書給我。

---

2 せんせい ちょしょ
先生はご著書をくださいました。
老師送我他的大作。

---

3 ぶちょう みま はな
部長がお見舞いに花をくださった。
部長來探望我時，還送花給我。

---

4 せんせい にほんせい
先生がくださったネクタイは、日本製だった。
老師送給我的領帶是日本製的。

35 てくださる

【動詞連用形】＋てくださる。表示他人為我，或為我方的人做前項有益的事。用在帶著感謝的心情，接受別人的行為時。這時候給予人的身份、地位、年齢要比接受人高。句型是「給予人は（が）接受人に（を・の…）…を動詞てくださる」。給予人是主語，而接受人是說話人，或說話人一方的人。是「…てくれる」的尊敬說法。「（為我）做…」的意思。

 例句

先生は、間違えたところを直してくださいました。
老師幫我修正了錯的地方。

老師人很親切又有耐心，在我錯誤的地方，總是用心地幫我修改。

主詞是給予人「先生」，接受人是「私」（可以省略），動作是「間違えたところを直す」（修改錯誤的地方）。由於老師是長輩所以用「てくださいました」。

---

1 先生は30分も私を待ってくださいました。
老師竟等了我30分鐘。

---

2 先生が私に日本語を教えてくださいました。
老師教我日語。

---

3 部長、その資料を貸してくださいませんか。
部長，您方便借我那份資料嗎？

---

4 忘れ物を届けてくださって、ありがとう。
謝謝您幫我把遺忘的物品送過來。

36 もらう

表示接受別人給的東西。這是以說話人是接受人，且接受人是主語的形式，或說話人站是在接受人的角度來表現。句型是「<u>接受人</u>は（が）<u>給予人</u>に…をもらう」。這時候接受人跟給予人大多是地位、年齡相當的同輩。或給予人也可以是晚輩。中文的意思是「接受…」、「取得…」、「從…那兒得到…」。

例句

わたし ともだち もめん くつした
私は友達に木綿の靴下をもらいました。

朋友給了我棉襪。

朋友給我一雙棉質襪，日本製的耶！好棒喔！

主語「私」是接受人，也是說話人，而「友達」是給予人。東西是「木綿の靴下」，由於是平輩，所以用「もらいました」

---

1 わたし リー
私は李さんにギターをもらいました。
李小姐給我吉他。

---

2 はなこ たなか
花子は田中さんにチョコをもらった。
田中先生給花子巧克力。

---

3 かのじょ なに
あなたは彼女に何をもらったのですか。
你女友給了你什麼？

---

4 わたし じろう はな
私が次郎さんに花をもらいました。
次郎給了我花。

てもらう

【動詞連用形】＋てもらう。表示請求別人做某行為，且對那一行為帶著感謝的心情。也就是接受人由於給予人的行為，而得到恩惠、利益。一般是接受人請求給予人採取某種行為的。這時候接受人跟給予人大多是地位、年齡同等的同輩。句型是「接受人は（が）給予人に（から）…を動詞てくださる」。或給予人也可以是晚輩。「（我）請（某人為我做）…」的意思。

例句

田中さんに日本人の友達を紹介してもらった。

我請田中小姐為我介紹日本人朋友。

田中小姐人面很廣又很親切，為了能有機會多說日語，所以請他幫我介紹幾個日本朋友。

這句話主語是接受人的「私」（有時可以省略），給予人是「田中さん」，行為是「日本人の友達を紹介する」（介紹日本朋友），由於雙方是同輩，所以用「てもらった」，這也含有感謝的心情喔！

---

1 李さんは花子に日本語を教えてもらいました。

李小姐請花子教她日語。

---

2 私は友だちに助けてもらいました。

我請朋友幫了我的忙。

---

3 私は事務室の人に書類を書いてもらいました。

我請事務所的人替我寫文件。

---

4 高橋さんに安いアパートを教えてもらいました。

我請高橋先生介紹我便宜的公寓。

38 いただく

表示從地位、年齡高的人那裡得到東西。這是以說話人是接受人，且接受人是主語的形式，或說話人站是在接受人的角度來表現。句型是「接受人は（が）給予人に…をいただく」。用在給予人身份、地位、年齡都比接受人高的時候。比「もらう」說法更謙虛，是「もらう」的謙讓語。中文的意思是「承蒙…」、「拜領…」。

例句

鈴木先生にいただいた皿が、割れてしまいました。

把鈴木老師送的咖啡杯弄破了。

糟了！鈴木老師送的盤子被我弄破了！

送這個盤子的是助詞「に」的前面「鈴木先生」，這句話省略了主詞。由於鈴木老師是長輩，所以用謙虛的說法「いただいた」，表示對對方的尊敬。

---

1 林さんは部長にネクタイをいただきました。
部長給林先生領帶。

---

2 私は先生の奥さんに絵をいただきました。
師母給我一幅畫。

---

3 私は森下先生からお手紙をいただきました。
森下老師寫了封信給我。

---

4 よろしければ、お茶をいただきたいのですが。
如果可以的話，麻煩您給我茶。

39 ていただく

【動詞連用形】＋ていただく。表示接受人請求給予人做某行為，且對那一行為帶著感謝的心情。用在給予人身份、地位、年齡都比接受人高的時候。句型是「接受人は（が）給予人に（から）…を動詞ていただく」。這是「…てもらう」的自謙形式。中文的意思是「承蒙…」。

例句

はな こ　せんせい　すいせんじょう　か
花子は先生に推薦状を書いていただきました。

花子請老師寫了推薦函。

準備到師院教書的花子，需要老師的推薦函。所以今天特別穿戴整齊，回到學校的系辦，請教授幫她寫推薦函。

主語是「花子」，也是請求老師寫推薦函的接受人，「先生」是給予人，動作是「推薦状を書く」（寫推薦函），為了對老師的尊敬，所以用謙虛的表現方式「ていただきました」。

わたし　ぶちょう　しりょう　か
1 私は部長に資料を貸していただきました。

我請部長借了資料給我。

わたし　せんせい　　　　　　　　さくぶん　なお
2 私は先生にスピーチの作文を直していただきました。

我請老師替我修改演講稿。

だいがく　せんせい　　　　ほうりつ　　　　　　こうぎ
3 大学の先生に、法律について、講義をしていただきました。

請大學老師幫我上法律。

つごう
4 都合がいいときに、来ていただきたいです。

方便時希望您能來一下。

40 てほしい

【動詞連用形】＋てほしい。表示說話者希望對方能做某件事情，或是提出要求。「希望…」、「想…」的意思。

例句

怒(おこ)らないでほしい。

我希望你不要生氣。

有一件事要跟你說，但你不可以生氣噢…就是啊，你放冰箱裡的蛋糕，是我吃掉的！

希望對方能做某件事情時，以動詞連用形接「てほしい」表達。相反地，若希望對方不要如何時，則可以用「ないでほしい」。

---

1 卒業(そつぎょう)しても、私(わたし)のことを忘(わす)れないでほしい。

就算畢業了，也希望你不要忘掉我。

---

2 図書館(としょかん)では静(しず)かにしてほしい。

在圖書館希望能保持安靜。

---

3 旅行(りょこう)に行(い)くなら、お土産(みやげ)を買(か)って来(き)てほしい。

如果你要去旅行，希望你能買名產回來。

41 ば

【用言假定形】＋ば。表示條件。（1）後接意志或期望等詞，表示前項受到某種條件的限制。「假如…」的意思；（2）敘述一般客觀事物的條件關係。如果前項成立，後項就一定會成立。「如果…就…」的意思；（3）對特定的人或物，表示對未實現的事物，只要前項成立，後項也當然會成立。前項是焦點，敘述需要的是什麼，後項大多是被期待的事。「如果…的話」的意思。

例句

雨が降れば、行くのをやめます。

下雨的話，我就不去。

左側註解：如果受到「雨が降る」（下雨）的限制，就要做後項的「行くのをやめます」（不去）的動作。

右側註解：但這個說法，帶有對於會不會下雨，還懷有疑問，也考慮到也許不會下雨的含意。

---

1 時間が合えば、会いたいです。

如果時間允許，希望能見一面。

---

2 メガネをかければ、見えます。

戴上眼鏡的話就看得見。

---

3 年をとれば、足が弱くなる。

上了年紀腳力會變差。

---

4 安ければ、買います。

便宜的話我就買。

 たら

【用言連用形】＋たら。表示條件或契機。（1）表示假定條件。當實現前面的情況時，後面的情況就會實現。但前項會不會成立實際上還不知道。「要是…」的意思；（2）表示確定條件。也就是知道前項一定會成立，以其為契機，做後項。相當於「當作了某個動作時，那之後…」。「如果要是…了」、「…了的話」的意思。

例句

雨が降ったら、行きません。

要是下雨的話就不去。

下午想到附近的公園散步。但是天氣轉陰了耶！

如果「雨が降る」的話，我就不去了。但是會不會下雨，在說話的當時還不知道喔！

---

1 席が空いたら、坐ってください。
如果有座位請坐下。

---

2 値段が安かったら、買います。
要是便宜的話就買。

---

3 いい天気だったら、富士山が見えます。
要是天氣好，就可以看到富士山。

---

4 駅に着いたら、電話をください。
要是到了車站，請給打電話。

43 …たら…た（確定條件）

【動詞連用形】＋たら…た。表示說話者完成前項動作後，有了新發現，或是發生了後項的事情。「原來…」、「發現…」、「才知道…」的意思。

例句

おふろに入ったら、ぬるかった。
泡進浴缸後才知道水不熱。

工作了一整天，最棒的就是回家泡個熱水澡了！尤其在寒冷的冬天，熱水澡簡直要把我融化了！

咦？沒有融化？水怎麼這麼不熱？！「…たら」後接動詞過去式，表示繼前項動作（泡進浴缸）後，發現了後項的事情（發現水不熱）。

1 仕事が終わったら、もう9時だった。
工作做完，已經是9點了。

2 宿題をやっていたら、見たかったテレビ番組を見るのを忘れた。
寫完功課，這才發現忘了看想看的電視節目。

3 朝起きたら、雪が降っていた。
早上起床時，發現正在下雪。

 **44 なら**

【動詞、形容詞終止形・形容動詞詞幹・體言】＋なら。表示假定條件。（1）表示接受了對方所說的事情、狀態、情況後，說話人提出了意見、勸告、意志、請求等（在後項）。（2）舉出一個事物，為前提，然後進行說明，多接體言。為了要強調「なら」的意思，也可以在前面加入「の」。「なら」不用在過去。「要是…的話」的意思。

例句

そんなに嫌いなら、やめたらいい。

要是那麼討厭的話就不要做了。

愛子跟櫻子抱怨，你知道嗎？我每天都要加班到晚上10點！工資又低，工作也沒什麼挑戰性…。

聽了愛子的抱怨後，櫻子就建議說啦，「そんなに嫌いなら」（你要那麼討厭的話），「やめたらいい」那乾脆辭掉算啦！

---

1 医学を勉強するなら、東京大学がいいです。

如果要學醫，東京大學較好。

---

2 悪かったと思うなら、謝りなさい。

如果覺得不對就請你道歉。

---

3 野球なら、あのチームが一番強い。

棒球的話，那一隊最強了。

---

4 鏡なら、そこにあります。

若要鏡子，就在那裡。

45 と（條件）

【用言終止形・體言だ】＋と。陳述人和事物的一般條件關係。常用在機械的使用方法、說明路線、自然的現象及一直有的習慣等情況。在表示自然現象跟反覆的習慣時，不能使用表示說話人的意志、請求、命令、許可等語句。「と」前面要接現在普通形。「一…就」的意思。

例句

メールを出すと、すぐ返事が来る。

才剛寄出電子信，就馬上有了回覆。

星期日田中想約朋友去唱卡拉OK，所以傳了封電子郵件給朋友。沒想到才一出去，朋友就回傳說「沒問題」。

「と」（一…就），前後接動作「メールを出す」（傳電子郵件），跟「すぐ返事が来る」（馬上就回傳了），表示具備了前面某條件，就會有後面的情況。

---

1 このボタンを押すと、切符が出てきます。

一按這個按鈕，票就出來了。

2 あの角を曲がると、すぐ彼女の家が見えた。

一轉過那個轉角，馬上就可以看到她家了。

3 春が来ると花が咲きます。

春天一到，花兒就開了。

4 毎朝起きると、コーヒーを一杯飲みます。

我每天早上一起床，都喝咖啡。

46 と（繼起）

【動詞辭書形・動詞連用形＋ている】＋と。表示前項如果成立，就會發生後項的事情，或是說話者因此有了新的發現。「一…就…」的意思。

例句

山では、夜になると星がたくさん見えました。

在山上，一到晚上就能看見許多星星。

「と」前接事項若是成立（一到晚上），後項事情緊接著發生（就能看到許多星星）。

哇!好美噢！滿天都是星星呢！能在山上看著星星們對著我眨眼，人生就足夠了!

---

1 先生の話を聞いていると、眠くなってきました。

聽老師的話聽得我想睡覺。

---

2 家に帰ると、電気がついていました。

回到家，發現電燈是開著的。

---

3 ごはんを食べ終わると、おなかが痛くなりました。

吃完飯，肚子痛了起來。

---

47 まま

【用言連體形・體言の】＋まま。表示附帶狀況。表示一個動作或作用的結果，在這個狀態還持續時，進行了後項的動作，或發生了後項的事態。後項大多是不尋常的動作。動詞多接過去式。「…著」的意思。

例句

テレビをつけたまま寝てしまった。
開著電視就睡著了。

「テレビをつけた」（打開了電視）這個動作還持續的情況下，進行了後項的「寝てしまった」（睡著了）的動作時，就用「まま」來表示打開電視，又睡著了，這樣的附帶狀況。

咦！這麼晚了，小弟的房間怎麼有電視聲？啊！原來電視沒關就睡著了。

Good Day

---

1 トマトは生のまま食べたほうがおいしいよ。
蕃茄生吃比較好吃。

---

2 日本酒は冷たいままで飲むのが好きだ。
我喜歡喝冰的日本清酒。

---

3 あの家は、昼も電気がついたままだ。
那個家白天裡也照樣亮著燈。

---

4 靴を履いたまま、入らないでください。
請勿穿鞋進入。

48 おわる

【動詞連用形】＋おわる。接在動詞連用形後面，表示前接動詞的結束、完了。「結束」、「完了」的意思。

例句

日記は、もう書き終わった。

日記已經寫好了。

太郎今天跟表弟到奶奶家去捉蟬，兩人玩得好高興！回家後趕快把這件事寫在日記上，日記寫完後，還在上面畫了圖。

把「日記」寫完，就把「終わる」接在「書く」的連用形後面，變成「書き終わった」就可以啦！

---

1 昨日、その小説を読み終わった。
　昨天看完了那本小説。

---

2 今日やっとレポートを書き終わりました。
　今天總算寫完了報告。

---

3 運動し終わったら、道具を片付けてください。
　運動完畢後請將道具收拾好。

---

4 飲み終わったら、コップを下げます。
　喝完了，就會收走杯子。

問1 （　）の ところに 何を 入れますか。1・2・3・4から いちばん いい ものを 一つ えらびなさい。

1 会議は 始まった（　）、山田さんは 来ない。
1 から 　　2 ので 　　3 のに 　　4 て

2 鈴木さんは 熱が ある（　）、会社に 来ました。
1 から 　　2 ので 　　3 のに 　　4 て

3 姉は 毎朝 庭の 花（　）水を やります。
1 し 　　2 で 　　3 に 　　4 が

4 この 道（　）まっすぐ 行くと、左側に 学校が あります。
1 で 　　2 へ 　　3 から 　　4 を

5 山田さんは ストーブを つけた（　）、出かけて しまいました。
1 あいだ 　　2 だけ 　　3 ながら 　　4 まま

6 この 橋を つくるの（　）、十年 かかりました。
1 か 　　2 に 　　3 を 　　4 で

7 わたしは 弟（　）自転車を 買って やりました。
1 が 　　2 で 　　3 を 　　4 に

8 先生が 私に ペン（　）くださいました。
1 を 　　2 へ 　　3 に 　　4 で

9 親（　）子どもに お金が わたされました。
1 が 　　2 に 　　3 から 　　4 を

10 今年から 一人暮らしを 始めること（　　）　した。
    1 ば   2 が   3 に   4 へ

問II　（　　）の　ところに　何を　入れますか。1・2・3・4から
    いちばん　いい　ものを　一つ　えらびなさい。

1 来週、京都に　（　　）つもりです。
    1 行こう   2 行って   3 行きます   4 行く

2 ご飯を　（　　）とき、友だちが　訪ねて　きました。
    1 食べるとした   2 食べますとした
    3 食べようとした   4 食べたとした

3 明日までに　レポートを　（　　）いけません。
    1 書いては   2 書くことが   3 書かなくては   4 書かれては

4 ここで　たばこを　吸う（　　）が　できますか。
    1 こと   2 かた   3 もの   4 とき

5 テストで　80点　以上を　（　　）と、合格できません。
    1 とる   2 とられる   3 とります   4 とらない

6 ここで　写真を　（　　）いけないと　警官が　言いました。
    1 とるは   2 とるには   3 とるなら   4 とっては

7 突然、雨が　（　　）始めました。
    1 ふった   2 ふる   3 ふって   4 ふり

8 棚が （　　　）すぎて、手が 届きません。

1 たかい　　　　　　2 たかく　　　　　　3 たか　　　　　　4 たかくて

9 風邪が 治るまで、この 薬を （　　　）つづけて ください。

1 のむ　　　　　　2 のんだ　　　　　　3 のみ　　　　　　4 のんで

10 雨に （　　　）たら、試合は 中止に なります。

1 なる　　　　　　2 なっ　　　　　　3 なった　　　　　　4 なり

11 この スイッチを （　　　）と 電源が 入ります。

1 おした　　　　　　2 おし　　　　　　3 おして　　　　　　4 おす

12 時計を （　　　）なら、日本の ものが いいですよ。

1 かった　　　　　　2 かって　　　　　　3 かう　　　　　　4 かい

問題III 　（　　　）の ところに 何を 入れますか。1・2・3・4から
　　　　　いちばん いい ものを 一つ えらびなさい。

1 健康の ために、たばこは あまり （　　　）。

1 吸う ほうが いい　　　　　　2 吸いましょう

3 吸わない ほうが いい　　　　　　4 吸わないでしょう

2 お酒は あまり （　　　）。

1 飲みます　　　　　　2 飲めます　　　　　　3 飲めません　　　　4 飲みました

3 田中さんは 英語が （　　）か。

1 ことが　できます　　　　　　　　2 できます

3 ものが　できます　　　　　　　　4 ときが　あります

4 明日の　会議に　出る（　　）か。

1 ものが　できます　　　　　　　　2 ことが　できます

3 ように　します　　　　　　　　　4 ときが　あります

5 姉は　日本語が　（　　）。

1 話します　　　　2 話せます　　　3 話しました　　4 話すそうです

6 すみませんが、ここでは　写真を　とる（　　）。

1 ことが　あります　　　　　　　　2 ことが　できません

3 ものが　あります　　　　　　　　4 ものが　できません

7 先生から　（　　）ペンを　大切に　して　います。

1 くれた　　　　　2 いただいた　　　3 あげた　　　　4 さしあげた

8 ここに　お名前を　お書き（　　）。

1 さしあげます　　2 もらいます　　3 ください　　　4 くれます

9 李さんは　友だちから　アルバムを　（　　）。

1 あげました　　　2 もらいました　　3 くれました　　4 くださいました

10 山田さんは　町を　案内して　（　　）。

1 くれた　　　　　2 やった　　　　3 あげた　　　　4 さしあげた

11 これ　以上　もう　（　　）。聞きたく　ない。

1 話して　　　　　2 話そう　　　　3 話すな　　　　4 話した

12 部屋が 静か（　　）、勉強に 集中できない。

1 になるだから　　2 になるとも　　3 にならないと　4 になりますが

13 用事が （　　）参加する つもりです。

1 なるらしい　　　2 ないと　　　　3 ないけれど　4 なければ

14 もし 雨が （　　）、試合は 中止に します。

1 降っても　　　　2 降って　　　　3 降ったけれど　4 降ったら

15 秋に なると 木の葉の 色が 赤や 黄色に （　　）。

1 あります　　　　2 なります　　　3 います　　　　4 おります

16 夏休みに なったら どこに （　　）。

1 行きました　　　2 行きますか　　3 行きましたか　4 行きませんか

17 もし あの 時 （　　）試験に 合格できなかっただろう。

1 がんばったら　　　　　　　　2 がんばらなかったら
3 がんばるから　　　　　　　　4 がんばったから

18 母は 私に 洋服を （　　）。

1 あげました　　　　　　　　　2 もらいました
3 くれました　　　　　　　　　4 いらっしゃいました

19 みんなは 山田君に プレゼントを （　　）。

1 くれました　　　2 あげました　　3 もらいました　4 おられました

20 ちょっと ノートを 貸して （　　）。
1 あげませんか　　　　　　　　　2 くれませんか
3 もらいませんか　　　　　　　　4 おられませんか

21 試験に 遅れた 人は 中に （　　）。
1 入った ほうが いい　　　　　　2 入っては いけません
3 入りません　　　　　　　　　　4 入らない ようです

22 この 図書館の ＣＤは （　　）。
1 貸せます　　　　2 借りさせます　　3 借ります　　　4 借りられます

第四章
句型(2)

1 ても／でも

【動詞、形容詞連用形】＋ても；【體言・形容動詞詞幹】＋でも。典型的假定逆接表現。表示後項的成立，不受前項的約束。且後項常用各種意志表現的說法。在表示假定的事情時，常跟副詞「たとえ、もし、万が一、どんなに」一起使用是其特徵。「即使…也」的意思。

例句

しゃかい きび わたし
社会が厳しくても、私はがんばります。
即使社會嚴苛我也會努力。

現在景氣這麼差，各行各業又這麼競爭，所以每個老闆都把一個員工當三個用。但，就是在這樣的時代，才可以磨練出我的潛力，我一定要加油。

即使在前項「社会が厳しい」（社會很嚴苛）這樣的社會條件下，後項還是會成立「私はがんばります」（我還是會努力的）。

---

1 たとえ失敗しても後悔はしません。
即使失敗也不後悔。

---

2 クーラーをつけても、涼しくなりません。
就算開冷氣也沒變涼。

---

3 生活が不便でも、私は田舎に住みたい。
即使生活不便，我還是想住鄉下。

❷ 疑問詞＋ても／でも

【疑問詞】＋【動詞、形容詞連用形】＋ても；【疑問詞】＋【體言・形容動詞詞幹】＋でも。（1）前面接疑問詞，表示不論什麼場合，都要進行後項，也就是不管什麼樣的條件，不論疑問詞後面的詞程度有多高，都會產生後項的結果。「不管（誰／什麼／哪兒）…」的意思；（2）表示全面肯定或否定，也就是沒有例外，全部都是。「無論…」的意思。

例句

どんなに怖くても、ぜったい泣かない。

再怎麼害怕也絕不哭。

每次晚上一過12點，走這條暗巷，就叫人害怕。但是，再怎麼怕我都不能哭，哭了的話，就會引起歹徒的邪念！嗯！唱首歌吧！

用「ても」表示，不管疑問詞「どんなに」的後面，「怖い」（可怕）的程度有多高，都要進行後面的動作「ぜったい泣かない」（絕對不哭）。

---

1 なにがあっても、明日は出発します。

無論如何明天都會出發。

---

2 いつの時代でも、戦争はなくならない。

不管哪個時代戰爭都不會消失。

---

3 誰でも、ほめられれば嬉しい。

無論是誰，只要被誇都很高興。

---

4 いくら忙しくても、必ず運動します。

我不管再怎麼忙，一定要做運動。

3 だろう

【動詞、形容詞終止形・體言・形容動詞詞幹】＋だろう。使用降調，表示說話人對未來或不確定事物的推測。且說話人對自己的推測有相當大的把握。常跟副詞「たぶん、きっと」等一起使用。口語時女性多用「でしょう」。「でしょう」也常用在推測未來的天氣上。「…吧」的意思；另外，使用升調，則表示詢問對方的意見，含有請對方一起來判斷之意。

例句

客がたくさん入るだろう。

應該會有很多客人來吧。

明天是假日，天氣預報也說明天將會是好天氣。那麼，來住宿的客人大概會很多吧！

根據明天是假日，天氣也說不錯的前提下，用「だろう」來預測，前項的狀況「客がたくさん入る」（來很多客人）。

---

1 あしたは、たぶん雪だろう。

明天，大概會下雪吧！

---

2 彼以外は、みんな来るだろう。

除了他以外大家都會來吧！

---

3 たぶん気がつくだろう。

應該會發現吧！

---

4 試合はきっとおもしろいだろう。

比賽一定很有趣吧！

4 （だろう）と思う

【動詞、形容詞終止形・體言・形容動詞詞幹】＋（だろう）と思う。
意思幾乎跟「だろう」相同，不同的是「と思う」比「だろう」更清
楚的講出，推測的內容，只不過是說話人主觀的判斷，或個人的見解。
而「だろうと思う」由於說法比較婉轉，所以讓人感到比較鄭重。
「（我）想…」、「（我）認為…」的意思。

例句

彼は独身（かれ どくしん）だろうと思（おも）います。

我猜想他是單身。

那個帥哥總是一
個人，也沒看他
有戴結婚戒指。
好像單身耶！

「だろうと思いま
す」表示說話人個
人根據前面敘述的
條件，推測「彼は独
身だ」（他是單身
漢）。

---

1 この本はたぶん花子の本だろうと思います。
我想這本書大概是花子的。

2 今晩台風が来るだろうと思います。
今晩會有颱風吧！

3 東京の冬は、割合寒いだろうと思う。
我想東京的冬天應該比想像中冷吧。

4 山の上では、星がたくさん見えるだろうと思います。
我想山上應該可以看到很多星星吧。

と思う

【動詞、形容詞普通形・體言・形容動詞詞幹だ】＋と思う。「覺得
…」、「認為…」、「我想…」、「我記得…」表示說話者有這樣的想
法、感受、意見。「と思う」只能用在第一人稱。前面接名詞或形容動詞
時要加上「だ」。

例句

お金を好きなのは悪くないと思います。
我認為愛錢並沒有什麼不對。

雖然大家都說不要
總是向「錢」看
齊，但有錢好辦事
啊！「と思う」表
示說話者的主觀想
法（愛錢並沒有什
麼不對）。

 既然你那麼愛
它，不如就跟
它結婚吧！

---

1 お金を好きなのは悪くないと思います。
　　我認為愛錢並沒有什麼不對。

---

2 吉田さんは若く見えると思います。
　　我覺得吉田小姐看起來很年輕。

---

3 千葉さんは結婚していると思います。
　　我想千葉先生已經結婚了。

---

4 吉村先生の授業は、おもしろいと思います。
　　我覺得吉村老師的課很有趣。

6 といい

【動詞終止形】＋といい。表示說話人希望成為那樣之意。句尾出現「けど、のに、が」時，含有這願望或許難以實現等不安的心情。跟「…たらいい、…ばいい」的意思基本相同。中文意思是「…就好了」；「最好…」、「…為好」。

例句

女房はもっとやさしいといいんだけど。
にょうぼう

我老婆要是能再溫柔一點就好了。

老…婆，這是妳愛吃的蛋糕！

你知道現在幾點啦！？

用「…といい」表示先生希望「老婆更溫柔」的這個願望。又看到後面有「けど」知道，強勢的老婆要變溫柔，這願望恐怕很難實現啦！

---

1 夫はもっと稼げるといいのになあ。
　　おっと　　　　かせ

我老公要是能再多賺點錢就好了。

---

2 日曜日、いい天気だといいですね。
　　にちようび　　　　てんき

星期天天氣要能晴朗就好啦！

---

3 顔色が悪いですね。少し休むといいですよ。
　　かおいろ　わる　　　　すこ　やす

臉色不太好呢，你最好休息一下。

---

4 横浜へ行ったら、港を見に行くといいですよ。
　　よこはま　い　　　　みなと　み　い

去橫濱的話，最好去參觀港口。

7　かもしれない

【用言終止形・體言】＋かもしれない。表示說話人說話當時的一種不確切的推測。推測某事物的正確性雖低，但是有可能的。肯定跟否定都可以用。跟「かもしれない」相比，「と思います」、「だろう」的說話者，對自己推測都有較大的把握。其順序是：と思います＞だろう＞かもしれない。中文的意思是「也許…」、「可能…」。

例句

風が強いですね、台風かもしれませんね。
風真大，也許是颱風吧！

好強的風喔！是不是颱風啊？你看新聞了沒啊？還沒看啊！

說話人看到風勢很強，但在還沒有得到確實的根據前，判斷「台風かもしれませんね」（可能是颱風喔）！

1 あの映画はおもしろいかもしれません。
那部電影可能很有趣！

2 彼はもう出かけたかもしれません。
他可能已經出門了。

3 彼の病気はガンかもしれません。
他罹患的可能是癌症。

4 もしかしたら、1億円当たるかもしれない。
或許會中一億日圓。

8 はずだ

【用言連體形・體言の】＋はずだ。表示說話人根據自己擁有的知識、知道的事實或理論來推測出結果。主觀色彩強，是較有把握的推斷。「（按理說）應該…」的意思；也用在說話人對原本感到不可理解的事物，在得知其充分的理由後，而感到信服時。「怪不得…」的意思。

例句

高橋さんは必ず来ると言っていたから、来るはずだ。

高橋先生說他會來，就應該會來。

> 唉呀！不是約好一點，現在都一點多了，怎麼高橋先生還沒來呢？櫻子說，他昨天有跟我說要來，他一定會來的啦！

> 根據高橋先生昨天說「必ず来る」（一定會來）的確認事實，所以他人雖然還沒來，櫻子還是確信他「来るはずだ」（應該會來的）。

比較

はずだ→著重在推斷的結論的必然性。

わけだ（因為）→著重在說明前提的理由和根據。

---

1 彼はイスラム教だから、豚肉は食べないはずです。

他是伊斯蘭教的，應該不吃豬肉。

---

2 彼は弁護士だから、法律に詳しいはずだ。

他是律師，按理來說應該很懂法律。

---

3 今日は日曜日だから、銀行は休みのはずだ。

今天是星期日，銀行應該都休息。

---

4 この新幹線は12時30分に東京に着くはずです。

這台新幹線應該在12點30分抵達東京。

⑨ はずがない

【用言連體形】＋はずが（は）ない。表示說話人根據自己擁有的知識、知道的事實或理論，來推論某一事物，完全不可能實現、不會有、很奇怪。主觀色彩強，是較有把握的推斷。「不可能…」、「不會…」、「沒有…的道理」的意思。

例句

にんぎょう　かみ　　の
人形の髪が伸びるはずがない。
娃娃的頭髮不可能變長。

好可愛的娃娃喔！

根據說話人自己擁有的知識知道，「人形の髪」是塑膠做的，又不是怪談，所以「伸びるはずがない」（不可能長長的）。

---

1 かのじょ　びょうき　　　　　　かいしゃ　く
彼女は病気だから、会社に来るはずはない。
她生病了，所以沒道理會來公司。

---

2 わたし　はなこ　し　　　　　　し
私が花子に知らせたので、知らないはずがない。
是我通知花子的，她沒有道理不知道的。

---

3 そんなことは子供に分かるはずがない。
那種事小孩子不可能會懂。

---

4 ここから東京タワーが見えるはずがない。
從這裡不可能看得見東京鐵塔。

---

10 ようだ

【用言連體形・體言の】＋ようだ。表示推測。用在說話人從各種情況，來推測人或事物是後項的情況。這一推測是說話人的想像，是主觀的、根據不足的。口語大多用「みたいだ」。「好像…」的意思。

例句

部長はお酒がお好きなようだ。
部長好像很喜歡喝酒。

大橋今天招待Ａ公司部的長，到日本料亭用餐。看到部長喝起酒來，一臉滿足的樣子。

從部長的表情，高橋推想「部長はお酒がお好きなようだ」（部長好像很喜歡喝酒）。

---

1 電気がついています。花子はまだ勉強しているようです。
電燈是開著的。看來花子好像還在用功的樣子。

2 彼はこの会社の社員ではないようだ。
他好像不是這家公司的員工。

3 星がたくさん見えます。明日はいい天気のようです。
看到夜空繁星眾多。明天天氣好像不錯。

4 公務員になるのは、難しいようです。
要成為公務員好像很難。

句型(2)···　　151

11 そうだ

【用言終止形】＋そうだ。表示不是自己直接獲得的，而是從別人那裡、報章雜誌或信上等，得到該信息的。表示信息來源的時候，常用「…によると」（根據）或「…の話では」（說是）等形式。「聽說…」、「據說…」的意思。

例句

天気予報によると、一日おきに雨が降るそうだ。
根據氣象報告，每隔一天會下雨。

> 星期天想到伊豆玩，趕快看看氣象報告。嗯…，今天起每隔一天就會下雨，那星期天呢？啊！星期天是太陽，沒問題啦！

> 用「によると」表示消息的來源是「天気予報」（氣象報告），後面的「そうだ」表示「一日おきに雨が降る」（每隔一天下一次雨）這個消息是從氣象報告來的。

比較

そうだ→雖然表示傳聞，但不能前接動詞意向形跟命令形。

ということだ（…就是…）→可以直接表現出情報的內容，所以前面可以接動詞意向形跟命令形。

---

1 新聞によると、今度の台風はとても大きいそうだ。
報上說這次的颱風會很強大。

2 先輩の話では、リーさんはテニスが上手だそうだ。
從學長姊那裡聽說，李小姐的網球打得很好。

3 彼の話では、桜子さんは離婚したそうよ。
聽他說櫻子小姐離婚了。

4 もう一つ飛行場ができるそうだ。
聽說要蓋另一座機場。

12 やすい

【動詞連用形】＋やすい。表示該行為、動作很容易做，該事情很容易發生，或容易發生某種變化，還有性質上很容易有那樣的傾向。如「恋しやすい」（很容易愛上別人）。「やすい」的活用跟「い形容詞」一樣。與「…にくい」相對。「容易…」、「好…」的意思。

例句

木綿の下着は洗いやすい。
棉質內衣容易清洗。

愛子上街買了一套棉質內衣。店員跟他說，棉質內衣穿起來舒服、吸汗又好洗。

要說「洗う」這個動作很容易做，就用「やすい」這個句型。

---

1 この靴ははきやすいです。
這個鞋子很好穿。

---

2 この辞書はとても引きやすいです。
這本辭典查起來很方便。

---

3 助詞は間違えやすいです。
助詞很容易搞混。

---

4 今の季節は、とても過ごしやすい。
現在這季節很舒服。

13 にくい

【動詞連用形】＋にくい。表示該行為、動作不容易做，該事情不容易發生，或不容易發生某種變化。還有性質上很不容易有那樣的傾向。「にくい」的活用跟「い形容詞」一樣。與「…やすい」相對。「不容易…」、「難…」的意思。

例句

このコンピュータは、使いにくいです。
這台電腦很不好用。

這台電腦已經用了快7年了。不僅容量小、速度慢，更過份的是，每次在趕稿子就當機！老闆真小氣，都不幫我換台新的。

表示「使う」這個動作很困難，就用「にくい」（很難）。

比較

にくい→雖然很難，但想做的話還是可以做得到的。

がたい（難以…）→即使想做，也很難做得到。

1 この本は専門用語が多すぎて読みにくい。
這本書有太多專門用語很難懂。

2 この道はハイヒールでは歩きにくい。
這條路穿高跟鞋不好走。

3 倒れにくい建物を作りました。
建造了一棟不易倒塌的建築物。

4 一度ついた習慣は、変えにくいですね。
一旦養成習慣就很難改了。

…と…と、どちら

【體言】＋と＋【體言】＋と、どちら（のほう）が＋【形容詞・形容動詞】。表示從兩個裡面選一個。也就是詢問兩個人或兩件事，哪一個適合後項。在疑問句中，比較兩個人或兩件事，用「どちら」。東西、人物及場所等都可以用「どちら」。「在…與…中，哪個？」的意思。

例句

着物とドレスと、どちらのほうが素敵ですか。
和服與洋裝，哪一種比較漂亮？

櫻子準備要去相親。櫻子問小愛，穿「着物」還是「ドレス」好呢？

這個句型，兩個被選者用「と」表示。至於兩個當中哪個好呢？用「どちら」來詢問。

---

1 今朝は花子と太郎と、どちらが早く来ましたか。
今早花子和太郎，誰比較早來？

---

2 紅茶とコーヒーと、どちらがよろしいですか。
紅茶和咖啡，您要哪個？

---

3 工業と商業と、どちらのほうが盛んですか。
工業與商業，哪一種比較興盛？

---

4 日本語と英語と、どちらのほうが複雑だと思いますか。
日語與英語，你覺得哪一種比較難？

【動詞連體形・體言】＋ほど…ない。表示兩者比較之下，前者沒有達到後者那種程度。這個句型是以後者為基準，進行比較的。「不像…那麼…」、「沒那麼…」的意思。

例句

おお　　ふね　　　　ちい　　ふね　　　　ゆ
大きい船は、小さい船ほど揺れない。

大船不像小船那麼會搖。

櫻子跟相親對象的田中，兩人當晚來到東京灣賞夜景。田中想帶櫻子坐小船，來拉近彼此的距離。但是櫻子怕自己暈船，破壞了約會的氣氛，所以建議田中搭大的觀光船。

以「ほど」前的「小さい船」為基準，表示前者的「大きい船」沒有小船搖晃的程度那麼厲害。後面記得是否定形喔！

にほん　なつ　　　　　　　なつ　あつ
1 日本の夏はタイの夏ほど暑くないです。
日本的夏天不像泰國那麼熱。

た なか　なかやま　　　まじめ
2 田中は中山ほど真面目ではない。
田中不像中山那麼認真。

わたし　いもうと　はは　に
3 私は、妹ほど母に似ていない。
我不像妹妹那麼像媽媽。

ふく　　　　　　　　　　おも　　　　へん
4 その服は、あなたが思うほど変じゃないですよ。
那衣服沒有你想像的那麼怪喔！

16 ようだ

【用言連體形・體言の】＋ようだ。表示比喻。把事物的狀態、形狀、性質及動作狀態，比喻成一個不同的其他事物。「ようだ」的活用跟形容動詞一樣。「像…一樣的」、「如…似的」的意思。

例句

白い煙がたくさん出て、雲のようだ。

冒出了很多白煙，宛如雲朵一般。

太郎暑假到住青森鄉下的外婆家玩。中午外婆正在做飯，炊煙裊裊像白雲一般，好美喔！

前項的「白い煙」，用「ようだ」來比喻，像前接的名詞「雲」（白雲）一般。接名詞時要加上「の」。

---

1 彼女の腕は、枝のように細い。

她的胳臂像樹枝般細。

---

2 あなたに会えるなんて、まるで夢を見ているようだ。

竟然能跟你相遇，簡直像作夢一樣。

---

3 空が真っ赤になって、まるで火事が起こったようだ。

天空火紅，宛如失火一般。

---

4 彼女はホテルのようなマンションに住んでいます。

她住在如飯店一般的大廈裡。

17 なくてもいい

【動詞未然形】＋なくてもいい。表示允許不必做某一行為，也就是沒有必要，或沒有義務做前面的動作。「不…也行」、「用不著…也可以」的意思。

例句

暖かいから、暖房をつけなくてもいいです。

很溫暖，所以不開暖氣也無所謂。

> 但是，今天突然豔陽高照，整個房間暖烘烘的，所以「暖房をつける」（開暖氣）這個動作，可以「なくてもいい」（用不著了）。

> 這幾天由於寒流來襲，所以幾乎天天都要開暖氣。

---

1 忙しい人は出席しなくてもいいです。

忙的人可以不用參加。

---

2 レポートは今日出さなくてもいいですか。

今天可以不用交報告嗎？

---

3 そんなに謝らなくてもいいですよ。

不必一直道歉。

---

4 だいぶ元気になりましたから、もう薬を飲まなくてもいいです。

已經好很多了，所以不吃藥也沒關係。

18 なくてもかまわない

【動詞未然形】＋なくてもかまわない。表示沒有必要做前面的動作，不做也沒關係。語氣比「…なくてもいい」消極。「不會…也行」、「用不著…也沒關係」的意思。

例句

明_{あか}るいから、電灯_{でんとう}をつけなくてもかまわない。

還很亮，不開電燈也沒關係。

今天天氣很好，櫻子坐在窗邊看書。唉呀！會不會太暗了，要不要打開燈啊？媽媽這樣問。

用「なくてもかまわない」（用不著…也沒關係），表示可以不做前面作「電灯をつける」（打開燈）的動作。因為外面光線很亮啦！

---

1 あなたは行_いかなくてもかまいません。
你不去也行。

---

2 都合_{つごう}が悪_{わる}かったら、来_こなくてもかまいません。
不方便的話，用不著來也沒關係。

---

3 日曜日_{にちようび}だから、早_{はや}く起_おきなくてもかまいません。
因為是禮拜日，所以不早起也沒關係。

---

4 このパソコンは自由_{じゆう}に使_{つか}ってもかまいませんよ。
這台電腦可以隨意使用喔。

19 なさい

【動詞連用形】＋なさい。表示命令或指示。一般用在上級對下級，父母對小孩，老師對學生的情況。稍微含有禮貌性，語氣也較緩和。由於這是用在擁有權力或支配能力的人，對下面的人說話的情況，使用的場合是有限的。「要…」、「請…」的意思。

例句

規則を守りなさい。
要遵守規定。

你超速了喔！這裡時速是限制50公里的！這個「規則」，「守りなさい」（要遵守）啦！

這是擁有執法權力的交通女警，對違規駕駛員說的情況。

---

1 生徒たちを、教室に集めなさい。
叫學生到教室集合。

---

2 紙の表に、名前と住所を書きなさい。
在紙面上，寫下姓名與地址。

---

3 早く明日の準備をしなさい。
趕快準備明天的東西。

---

4 しっかり勉強しなさいよ。
要好好用功讀書喔。

20 ため（に）

【動詞連體形・體言の】＋ため（に）。表示為了某一目的，而有後面積極努力的動作、行為。前項是後項的目標。「以…為目的，做…」的意思；又「ため（に）」如果接人物或團體，就表示為其做有益的事。「為了…」的意思。

例句

世界を知るために、たくさん旅行をした。
為了了解世界，到各地去旅行。

太郎長大了，生性活潑的太郎，雖然成績不好，但喜歡四處遊走、拍照。外婆很喜歡太郎拍的照片。

為了（ために）瞭解世界各地的事物（世界を知る），然後拍照留念，送給外婆。太郎「たくさん旅行をした」（到各地去旅行）。

比較

ため（に）→後項可接好的或不好的結果，說話者不含痛恨等語氣。

せいで（由於…）→後接不好的結果，說話者對前項含有不滿、痛恨的語氣。

1 パソコンを買うためにアルバイトをしています。
  為了買電腦而打工。

2 東大に入るため、一生懸命頑張ります。
  為了進東大而努力用功。

3 子供のために広い家を建てたいと思います。
  為了孩子想蓋個寬大的房子。

4 健康のために、早寝早起きが一番だ。
  為了健康，早睡早起最重要。

21 ため（に）

【用言連體形・體言の】＋ため（に）。表示原因。由於前項的原因，引起後項的結果，且往往是消極的、不可左右的。「因為…所以」的意思。

例句

台風のために、波が高くなっている。

因為颱風來了，所以浪頭很大。

颱風季節又來了，浪頭打的好高喔！雖然很壯觀，但很危險，趕快回家吧！

「波が高くなっている」這個大自然不可左右的威脅，是「台風のために」（因為颱風來了）。「ために」前面是原因。

---

1 途中で事故があったために、遅くなりました。

因半路發生事故，所以遲到了。

---

2 父が頑固なために、みな困っている。

因為爸爸很頑固，所以大家都很覺得困擾。

---

3 指が痛いために、ピアノが弾けない。

因為手指疼痛而無法彈琴。

22 そう

【動詞連用形・形容詞、形容動詞詞幹】＋そう。表示判斷。這一判斷是說話人根據親身的見聞，而下的一種判斷。「好像…」、「似乎…」的意思。

例句

このラーメンはおいしそうだ。
這拉麵似乎很好吃。

櫻子跟未婚夫田中在路邊攤吃拉麵，熱騰騰的拉麵看起來好好吃的樣子。

由於兩人都還沒吃到拉麵，但根據自己看到的，覺得很好吃，這時候就在「おいしい」後面加上「そうだ」，表示自己的判斷。對了！「おいしい」的「い」要去掉喔！

1 王さんは、非常に元気そうです。
王先生看起來很有精神。

2 雨が降りそうだから、傘を持っていきなさい。
似乎快下雨了，帶把傘去吧！

3 あ、かばんが落ちそうですよ。
啊！你的皮包快掉下來了。

4 午後の講義だから、みんな眠そうね。
因為是下午的課，所以大家都很睏的樣子。

23 ので

【體言な・形容動詞語幹な・用言連體形】＋ので。客觀地敘述前後兩項事的因果關係，前句是原因，後句是因此而發生的事。強調的重點在後面。中文的意思是「因為…」。

例句

らいげつ　　　くに　　　かえ　　　　　　　　　　じゅんび
来月国に帰るので、準備をしています。

因為下個月要回國，現在正在做準備。

下個月小靜要回國，現在正在準備行李。

「ので」前面是客觀的原因「来月国に帰る」（下個月要回國），後面是因此而做的動作「準備をしています」（準備行李）。

---

1 かさ　　わす
傘を忘れたので、太郎に貸してもらった。

因為忘記帶傘了，所以向太郎借了一把。

---

2 し けん
試験があるので、勉強します。

因為有考試，所以我去唸書了。

---

3 かんたん　　もんだい
簡単な問題なので、自分でできます。

因為是簡單的問題，所以自己能解決。

---

4 さび　　　　　　あそ　　き
寂しいので、遊びに来てください。

因為我很孤單，所以請來找我玩。

24 …は…が

【體言】＋は＋【體言】＋が。「が」前面接名詞，可以表示該名詞是後續謂語所表示的狀態的對象。

例句

きょうと てら
京都は、寺がたくさんあります。

京都有很多的寺廟。

京都真得處處像畫中的美景喔！特別是一些小市鎮跟小街道。有機會一定要去京都走一走喔！

這句的主題是「京都」，在京都範圍內的「寺」怎麼了，「たくさんあります」（有很多）。

とうきょう こうつう べんり
1 東京は、交通が便利です。

東京交通便利。

きょう つき
2 今日は、月がきれいです。

今天的月亮很漂亮。

まち くうき
3 その町は、空気がきれいですか。

那城鎮空氣好嗎？

たなか じ じょうず
4 田中さんは、字が上手です。

田中的字寫得很漂亮。

25 がする

【體言】＋がする。前面接「かおり、におい、味、音、感じ、気、吐き気」表示氣味、味道、聲音、感覺等名詞，表示說話人通過感官感受到的感覺或知覺。「感到…」、「覺得…」、「有…味道」的意思。

例句

このうちは、畳の匂いがします。

這屋子散發著榻榻米的味道。

哇！日式榻榻米耶！走進日式房間，一定會撲鼻而來的味道。

「がする」前面接你走進房間聞到的「畳の匂い」（榻榻米味）喔！

---

1 この石鹸はいい匂いがします。

　這塊香皂有很香的味道。

---

2 外で大きい音がしました。

　外頭傳來了巨大的聲響。

---

3 今朝から頭痛がします。

　今天早上頭就開始痛。

---

4 彼女の話し方は冷たい感じがします。

　我覺得她講話很冷淡。

26 ことがある

【動詞連體形（基本形）】＋ことがある。表示有時或偶爾發生某事。有時跟「時々」（有時）、「たまに」（偶爾）等，表示頻度的副詞一起使用。由於發生頻率不高，所以不能跟頻度高的副詞如「いつも」（常常）、「たいてい」（一般）等使用。「有時…」、「偶爾…」的意思。

例句

友人とお酒を飲みに行くことがあります。
偶爾會跟朋友一起去喝酒。

田中工作一直都很忙，所以跟好友見面小酌一番的機會，大約一個月一次左右吧！

表示頻度不高就用「ことがあります」（偶而），記得前面要接連體形（基本形）喔！

1 日本風の旅館に泊まることがありますか。
有時會住日式旅館嗎？

2 私は、あなたの家の前を通ることがあります。
我有時會經過你家前面。

3 私は時々、帰りにおじの家に行くことがある。
回家途中我有時會去伯父家。

4 たまに自転車で通勤することがあります。
有時會騎腳踏車上班。

ことになる

【動詞連體形（という）・體言という】＋ことになる。表示決定。由於「なる」是自動詞，所以知道決定的不是說話人自己，而是說話人以外的人、團體或組織等，客觀地做出了某些安排或決定。「（被）決定…」的意思；也指針對事情，換一種不同的角度或說法，來探討事情的真意或本質，「也就是說…」的意思。如：「異性と食事に行くというのは、付き合っていることになるのでしょうか。」（跟異性吃飯，也就可以說是兩人在交往嗎？）

例句

駅にエスカレーターをつけることになりました。
車站決定設置自動手扶梯。

郊外的某個電車站，決定要裝自動手扶梯了。

看到「ことになりました」（決定），知道這是由JR日本國鐵等做的決定囉！

1 来月東京に出張することになった。
公司決定要我下個月到東京出差。

2 プレゼンはこの会議室で行うことになりました。
上面決定要在會議室做簡報。

3 4月から、おじの会社で働くことになりました。
叔叔決定要我在4月到他的公司上班。

4 自分で勉強の計画を立てることになっています。
要我自己訂立讀書計畫。

28 のだ

【用言連體形】＋のだ。表示客觀地對話題的對象、狀況進行說明。有強調自己的主張的含意；或請求對方針對某些理由說明情況。一般用在發生了不尋常的情況，而說話人對此進行說明，或提出問題。口語用「…んだ」。

例句

きっと、事故があったのだ。
一定是發生事故了！

唉呀！這條路平常都很順暢的啊！今天怎麼塞成這樣？

一定是發生車禍了。用「のだ」來客觀地說明，「事故があった」（發生車禍）這不尋常的狀況。

---

1 雨が降っているんだ。
現在在下雨耶！

---

2 きっと、泥棒に入られたんだ。
一定是遭小偷了啊！

---

3 早く終わった。友人が手伝ってくれたんだ。
提早結束了。因為朋友的幫忙。

---

29 かどうか

【用言終止形・體言】＋かどうか。表示從相反的兩種情況或事物之中選擇其一。「かどうか」前面的部分是不知是否屬實。「是否…」、「…與否」的意思。

例句

<ruby>私<rt>わたし</rt></ruby>の<ruby>意見<rt>いけん</rt></ruby>が<ruby>正<rt>ただ</rt></ruby>しいかどうか、<ruby>教<rt>おし</rt></ruby>えてください。

請告訴我我的意見是否正確。

準備了好久的企畫書，不知道數字上正不正確，有沒有考慮不周的地方，行不行得通。

由於不知道這樣的想法是「正しい」或是「正しくない」，所以用「かどうか」，然後請對方「教えてください」（指點一下）。

---

1 あの<ruby>二人<rt>ふたり</rt></ruby>は<ruby>兄弟<rt>きょうだい</rt></ruby>かどうかわかりません。

我不知道那兩個人是不是姊妹。

---

2 あちらの<ruby>部屋<rt>へや</rt></ruby>は<ruby>静<rt>しず</rt></ruby>かどうか<ruby>見<rt>み</rt></ruby>てきます。

我去瞧瞧那裡的房間是否安靜。

---

3 <ruby>水道<rt>すいどう</rt></ruby>の<ruby>水<rt>みず</rt></ruby>が<ruby>飲<rt>の</rt></ruby>めるかどうか<ruby>知<rt>し</rt></ruby>りません。

不知道自來水管的水是否可以喝？

---

4 <ruby>先生<rt>せんせい</rt></ruby>が<ruby>来<rt>く</rt></ruby>るかどうか、まだ<ruby>決<rt>き</rt></ruby>まっていません。

還不知道老師是否要來。

30 ように

【動詞連體形】＋ように。表示祈求、願望、希望、勸告或輕微的命令等。有希望成為某狀態，或希望發生某事態，也用在老師提醒學生時。「請…」、「希望…」的意思；也可以表示為了實現「ように」前的某目的，而採取後面的行動或手段，以便達到目的。「以便…」、「為了…」。

例句

どうか試験に合格するように。

請神明保佑讓我考上！

丈夫今年要考公務員。於是全家來到神社前參拜，希望神明能保佑丈夫考運亨通。

神啊！「ように」（請保佑），「試験に合格する」（能考上），後面省略了「お願いします」（請）等。「どうか」相當於「どうぞ」（請）。

---

1 集合時間には遅れないように。

集合時間不要遲到了。

---

2 寒いから、風邪を引かないようにご注意ください。

天氣寒冷，要多注意身體不要感冒了。

---

3 忘れないように手帳にメモしておこう。

為了怕忘記，事先記在筆記本上。

---

4 熱が下がるように、注射を打ってもらった。

為了退燒，我請醫生替我打針。

31 ようにする

【動詞連體形】＋ようにする。表示說話人自己將前項的行為，或狀況當作目標，而努力。如果要表示把某行為變成習慣，則用「ようにしている」的形式。「爭取做到…」、「設法使…」的意思；又表示對某人或事物，施予某動作，使其起作用。「使其…」的意思

例句

まいにち や さい と
毎日野菜を取るようにしています。

我習慣每天都吃青菜。

為了身體健康，在魚肉蔬菜的攝取上，都盡量保持均衡。

用「ようにしています」（設法使…）這個句型，來表示為了「毎日野菜を取る」這個目標而努力。

---

1 あさはや
朝早くおきるようにしています。

我早上習慣早起。

---

2 ひと わるぐち い
人の悪口を言わないようにしましょう。

努力做到不去說別人的壞話吧！

---

3 たな つく ほん お
棚を作って、本を置けるようにした。

作了棚架以便放書。

ようになる

【動詞連體形；動詞〔ら〕れる】＋ようになる。表示是能力、狀態、行為的變化。大都含有花費時間，使成為習慣或能力。動詞「なる」表示狀態的改變。「（變得）…了」的意思。

練習して、この曲はだいたい弾けるようになった。

練習後這首曲子大致會彈了。

大家彈得真好！

「ようになった」（（變得）…了），表示「この曲はだいたい弾ける」（這首曲子大致可以演奏了），的這個變化，是大家花費了時間，練習會的。

---

1 娘は泳げるようになった。

女兒會游泳了。

---

2 最近は多くの女性が外で働くようになった。

最近在外工作的女性變多了。

---

3 私は毎朝牛乳を飲むようになった。

我每天早上都會喝牛奶了。

---

4 注意したら、文句を言わないようになった。

警告他後，他現在不再抱怨了。

33 ところだ

【動詞連體形】＋ところだ。表示將要進行某動作，也就是動作、變化處於開始之前的階段。「剛要…」、「正要…」的意思。

例句

こうちょう
校長が、これから話をするところです。

はなし

校長正要說話。

今天是畢業典禮，首先由校長說幾句話。

校長一上台，現在正準備說話，也就是開始之前的階段，就用「ところだ」（剛要）。

比較

ところだ→動作、變化處於開始之前的階段。

たばかり（剛…）→動作或行為，剛剛結束的階段。

---

1 今から寝るところだ。
いま　ね

現在正要就寢。

---

2 いま、田中さんに電話をかけるところです。
たなか　でんわ

現在剛要打電話給田中小姐。

---

3 バス停に着いたとき、ちょうどバスが出るところだった。
てい　つ　で

到公車站牌時，公車剛好要開走。

---

３４ ているところだ

【動詞進行式】＋ているところだ。表示正在進行某動作，也就是動作、變化處於正在進行的階段。「正在…」的意思。

例句

日本語の発音を直してもらっているところです。
正在請人幫我矯正日語發音。

我的發音一直都很不理想。

現在老師正在矯正我的發音，表示動作正在進行就用「ているところだ」（正在）。

---

1 今部屋の掃除をしているところです。
現在正在打掃房間。

---

2 お風呂に入っているところに電話がかかってきた。
我在洗澡時電話響起。

---

3 ただ今あの問題を考えているところです。
現在正在思考那個問題。

---

4 いま試験の準備をしているところです。
現在正在準備考試。

35 たところだ

【動詞過去式】＋ところだ。表示動作、變化處於剛結束，也就是在「…之後不久」的階段。「剛做完…」的意思。

イチローがホームランを打^うったところだ。

一朗剛打出了一支全壘打。

一朗好棒喔！又擊出一支全壘打了！

一朗剛擊出全壘打後不久，這個動作就用「動詞過去式＋ところだ」（剛打出…）。

---

1 飛行機^{ひこうき}は今^{いま}、飛^とび立^たったところだ。

飛機剛飛走了。

2 病気^{びょうき}が治^{なお}ったところなので、まだでかけることができません。

病情才剛痊癒，所以還不能外出。

3 事件^{じけん}のことを今^{いま}、聞^きいたところなので、詳^{くわ}しいことはわかりません。

因為現在才得知案件的消息，所以還不是很清楚。

4 今^{いま}、ちょうど機械^{きかい}が止^とまったところだ。

現在機器剛好停止。

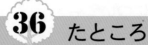

36 たところ

【動詞連用形】＋たところ。順接用法。表示完成前項動作後，偶然得到後面的結果、消息，含有說話者覺得訝異的語感。或是後項出現了預期中的好結果。前項和後項之間沒有絕對的因果關係。「結果…」、「果然…」的意思。

例句

先生に聞いたところ、先生も知らないそうだ。

請教了老師，結果聽說老師也不曉得。

> 這一題小學數學題目竟無人能解，連老師也不知道，太神奇了。

> 動詞連用形加「たところ」，表示完成前項動作後（請教老師），偶然得到某個結果（老師也不曉得）！

---

1 菊池君に宿題を見せてほしいと頼んだところ、彼もやっていなかった。

拜託菊池同學借我看作業，結果他也沒有寫。

---

2 学校から帰ったところ、うちにお客さんが来ていた。

從學校回到家裡，家裡有客人在。

---

3 何回も練習したところ、とうとう上手にできるようになった。

練習了好幾次，終於上手許多了。

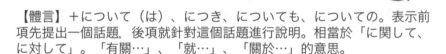

について（は）、につき、についても、
についての

【體言】＋について（は）、につき、についても、についての。表示前項先提出一個話題，後項就針對這個話題進行說明。相當於「に関して、に対して」。「有關…」、「就…」、「關於…」的意思。

例句

江戸時代の商人についての物語を書きました。

撰寫了一個有關江戶時期商人的故事。

你看過「關於江戶時期商人」的故事嗎？「について」前面通常接名詞（江戶時期的商人），後面以這個名詞為主題進行說明（撰寫了故事）。

順帶一提，「浮世繪」是日本江戶時期，商人在標榜及時行樂時所提倡的喔！它，還間接結束了日本鎖國時代，並使封建制度的土崩瓦解呢！

1 論文のテーマについて、説明してください。

請說明論文的主題。

2 中国の文学について勉強しています。

我在學中國文學。

3 好評につき、発売期間を延長いたします。

由於產品廣受好評，因此將販售期限往後延長。

4 あの会社のサービスは、使用料金についても明確なので、安心して利用できます。

那家公司的服務使用費標示明確，因此可以放心使用。

這些句型也要記住

1 あいだ（は） 「…期間」、「…時候」

【用言連體形・體言の】＋あいだ（は）。表示某狀態或動作，持續的期間裡，一直做某事。

❶ この2、3日のあいだ、晴れが続いていた。
這兩、三天，天氣都一直很好。

❷ 彼は授業のあいだ、ずっと居眠りをしていた。
上課中，他一直在打瞌睡。

❸ 迎えの車が来るまでのあいだ、コーヒーを飲むことにした。
在等候接送車來的這一段時間裡，我決定去喝咖啡。

2 あいだに 「在…之間」、「在…中間」

【用言連體形・體言の】＋あいだに。表示某狀態或動作，持續的期間裡，做完某事。

❶ この2、3日のあいだに、小説を一冊読みました。
在這兩三天之間，我看完了一本小說。

❷ 観客は7時から8時のあいだに、到着しました。
觀眾在七點到八點之間到達了。

❸ 休日で休んでいるあいだに、個人ブログを更新した。
假日休息期間，我更新了我的個人部落格。

3 と／たら／ば＋いい 「…就好了」；「…好了」；「…該多好」

【動詞終止形】＋といい；【動詞連用形】＋たらいい；【用言假定形】＋ばいい。表示說話人希望實現自己的願望。

❶ いい会社に就職できるといいですね。
如果能進好公司工作就太好了。

❷ こんな子と結婚できたらいいな。
如果可以跟這麼好的人結婚該有多好啊。

❸ もっと家が広ければいいのになあ。
要是房子再大一些就好了。

疑問詞＋たら／ば＋いいですか 「怎麼辦是好呢」、「如何是好呢」

　　【疑問詞】＋たら／ば＋いいですか。用在遇到自己不瞭解的、沒辦法解決的事，徵求別人的意見的時候。

❶ 彼女が月に2、3回しか会ってくれないです、どうしたらいいですか。
她一個月只肯跟我見兩三次面，該怎麼辦才好呢？

❷ 代々木公園にはどうやって行けばいいですか。
要到代代木公園去的話，該怎麼去比較好呢？

❸ どのように勉強をすれば成績が上がるか、アドバイスをください。
要怎樣讀書成績才會提升呢？請給我一點建議。

---

5 と言う／書く／聞く 「說…（是）…」；「寫著…」；「聽說…」

　　【用言終止形】＋と言う／書く／聞く。表示引用。

❶ 旅行会社の人は、香港の人は日本のビザを取らなくてもいいと言いました。
旅行社的人說，香港居民不需要拿日本的簽證。

❷ 彼女の置き手紙に、「さよなら」と書いてありました。
她留下的信裡寫著「再會了」。

❸ エプソンのHPで年賀状ソフトをダウンロードできると聞きました。
我聽說可以在EPSON的網頁上面下載賀年卡軟體。

---

6 たばかり 「剛剛…」

　　【動詞過去式】＋ばかり。表示某動作或行為，剛剛結束。是一種從心理上感覺到事情發生後不久的語感。

❶ 先週日本へ来たばかりです。
我上禮拜才剛來到日本。

❷ 家を買ったばかりなのに、転勤になったんです。
明明才剛剛買了房子卻要調職了。

❸ 食べたばかりだけど、おなかが減っている。
雖然才剛剛吃過飯，肚子卻餓了。

---

7 ように（と）言う／伝える／注意する「（說／轉告／提醒）要（不要）…」

　　【動詞連體形】＋ように（と）言う／伝える／注意する。表示引用。用在間接引用所要求的內容的時候。

❶ 私は、彼女にその本を読むように言いました。
我跟她說了要讀那本書。

❷ 彼にあったら、あまり無理しないようにと伝えてください。
見到他時請幫我轉告他，不要太勉強自己。

❸ 母は私に、宿題を忘れないように注意しました。
母親提醒了我不要忘記寫作業。

問1　（　　）の　ところに　何を　入れますか。1・2・3・4から
　　　いちばん　いい　ものを　一つ　えらびなさい。

1 私は　どこ（　　）寝られます。
1 ごろ　　　　　2 へも　　　　　3 でも　　　　　4 まで

2 兄は　私（　　）英語が　上手です。
1 から　　　　　2 と　　　　　　3 より　　　　　4 ほど

3 私（　　）兄の　ほうが　英語が　上手です。
1 より　　　　　2 ほど　　　　　3 から　　　　　4 と

4 私は　兄（　　）英語が　上手では　ありません。
1 ほど　　　　　2 より　　　　　3 から　　　　　4 と

5 明日は　日曜日な（　　）、学校は　休みです。
1 から　　　　　2 ので　　　　　3 て　　　　　　4 たら

6 山田さんは　どんな　スポーツ（　　）できます。
1 ので　　　　　2 を　　　　　　3 が　　　　　　4 でも

7 白い　車は　黒い　車（　　）高く　ない。
1 でも　　　　　2 ばかり　　　　3 しか　　　　　4 ほど

8 この　ジュース　へんな　におい（　　）します。
1 を　　　　　　2 で　　　　　　3 か　　　　　　4 が

9 今まで　5回　行った（　　）が　あります。
1 だけ　　　　　2 しか　　　　　3 まで　　　　　4 こと

10 あの　人は　来る（　　）どうか　わかりません。
1 が　　　　　　2 か　　　　　　3 は　　　　　　4 と

問II 　（　　）の　ところに　何を　入れますか。1・2・3・4から
　　　いちばん　いい　ものを　一つ　えらびなさい。

---

1 雨が　（　　）も　山に　登りますか。

　　1 ふれ　　　　　　　2 ふって　　　　　3 ふる　　　　　4 ふた

2 たぶん　今晩　山田さんが　（　　）だろう。

　　1 来　　　　　　　　2 来て　　　　　　3 来る　　　　　4 来ると

3 6時の　電車に　（　　）ように、早く　起きました。

　　1 間に　合う　　　　　　　　　　2 間に　合わない

　　3 間に　合って　　　　　　　　　4 間に　合ったら

4 一生懸命　練習して、少し（　　）ように　なりました。

　　1 泳ぐ　　　　　　2 泳ぐこと　　　3 泳がる　　　　4 泳げる

5 この　木は　去年より　（　　）なりました。

　　1 大きいく　　　　2 大きいと　　　3 大きいな　　　4 大きく

6 この　テレビは　（　　）ないと　思います。

　　1 高い　　　　　　2 高いな　　　　3 高くに　　　　4 高く

7 日本人は　（　　）と　思います。

　　1 親切の　　　　　2 親切な　　　　3 親切だ　　　　4 親切です

8 漢字の　（　　）かたを　教えて　ください。

　　1 かく　　　　　　2 かいて　　　　3 かき　　　　　4 かい

9 まあ、（　　）そうな　料理ですね。

　　1 おいしい　　　　2 おいしくて　　3 おいし　　　　4 おいしいだ

10 この 本は 専門用語が 多いから、（　　　）にくいです。

1 よむ 　　　　2 よんだ 　　　　3 よみ 　　　　4 よんで

11 明日、台風が くる そうだ。大雨が （　　　）かもしれない。

1 降った 　　　　2 降る 　　　　3 降らないで 　　　4 降らない

12 学校に （　　　）ように、急いで 歩きましょう。

1 遅れないで 　　　2 遅れた 　　　　3 遅れる 　　　　4 遅れない

問題III 　（　　）の ところに 何を 入れますか。1・2・3・4か
　　　　ら いちばん いい ものを 一つ えらびなさい。

1 日本語を 勉強する （　　　）、留学します。

1 ように 　　　　2 ために 　　　　3 までに 　　　　4 と

2 兄は まるで アメリカ人（　　）英語が 上手です。

1 のほど 　　　　2 のように 　　　3 のために 　　　4 ので

3 まだ 夏休みなので、学校に （　　　）。

1 行かなくては いけません 　　　　2 行かなくても いいです

3 行っても いいです 　　　　　　　4 行っては いけませんでしょう

4 食事の 前には 手を （　　　）。

1 洗わないで ください 　　　　　　2 洗っても いい

3 洗いなさい 　　　　　　　　　　　4 洗うな

5 早く 準備（　　　）。もう 出発時間だよ。

1 するな 　　　　2 する 　　　　3 せず 　　　　4 しろ

6 この 薬は ご飯を 食べたあとで （　　）。

1 飲みまさい　　　2 飲めます　　　3 飲めなさい　　4 飲みなさい

7 電話に 誰も でない。山田くんは まだ 帰って （　　）。

1 います　　　　2 いますらしい　　3 いないらしい　　4 いないでした

8 トマトが 300円、バナナが 500円ですから、合計で 800円の
（　　）。

1 はずだ　　　　2 ままだ　　　　3 ためだ　　　　4 はずがないだ

9 この 歌は （　　）ですね。

1 うたやすい　　　　　　　　2 うたいやすい

3 うたうやすい　　　　　　　4 うたえやすい

10 最近、たくさんの 人が スポーツを する （　　）。

1 ことに なりました　　　　　2 のに なりました

3 ように なりました　　　　　4 そうに なりました

11 今から 会議が （　　）ところなんです。

1 始まっている　　2 始まった　　　3 始まる　　　4 始まって

12 父は 今 会社から 帰って きた （　　）です。

1 ところ　　　　2 こと　　　　　3 とき　　　　4 ほど

吉松由美、西村惠子◎合著

サルでもわかる神業
カミワザ

小菜一碟！猴子也學得會！

日語自學

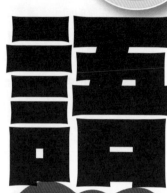

第一回　新制日檢模擬考題
第二回　新制日檢模擬考題
第三回　新制日檢模擬考題

＊以「國際交流基金日本國際教育支援協會」的「新しい『日本語能
力試驗』ガイドブック」為基準的三回「文字・語彙　模擬考題」

もんだい1　應考訣竅

N4的問題1，預測會考15題。這一題型基本上是延續舊制的考試方式。也就是給一個不完整的句子，讓考生從四個選項中，選出自己認為正確的選項，進行填空，使句子的語法正確、意思通順。

從新制概要中預測，文法不僅在這裡，常用漢字表示的，如「中、方」也可能在語彙問題中出現；接續詞（しかし、それでは）應該會在文法問題2出現。當然，所有的文法・文型在閱讀中出現頻率，絕對很高的。

總而言之，無論在哪種題型，文法都是掌握高分的重要角色。

もんだい1　（　　　）に　何を　いれますか。1・2・3・4から　いちばん　いいものを　一つ　えらんで　ください。

1　A「宏の　はじめての　学校は　どうだった？」
　　B「大丈夫みたい。名前を　呼ばれると、ちゃんと　『はい』と（　　　）立ち上がって　いたよ。」
　　1　言ったまま　　　2　言って　　　　3　言うので　　　4　言っても

2　A「もしもし。」
　　B「もしもし、この　あいだ（　　　）伊藤で　ございます。」
　　1　お電話するの　　2　お電話したの　3　お電話する　　4　お電話した

3　A「すみません、台風の　ため、とうちゃくの　時間が　少し（　　　）。」
　　B「分かりました。気を　つけて　きて　くださいね。」
　　1　遅れそうです　　　　　　　　　　2　遅れやすいです
　　3　遅れさせて　ください　　　　　　4　遅れて　みます

4 A「もう　先生方に　あいさつしましたか？」
　　B「いいえ。あとで　校長先生に（　　　）思って　います。」
　　1　あいさつさせたらと　　　　　　2　あいさつさせようと
　　3　あいさつする　ことと　　　　　4　あいさつしようと

5 A「村田さんの　話しに　よると、午後から　社長が　おいでに
　　　なる（　　　）。」
　　B「そうですか。」
　　1　ばかりです　　　2　そうです　　　3　ところです　　4　のです

6 A「そんなに（　　　）、周りの　人の　じゃまに　なるでしょう。」
　　B「すみません、気を　つけます。」
　　1　騒いだら　　　　　2　騒いでも　　　3　騒ぐのに　　　4　騒ぐため

7 A「見物したい　ところが（　　　）私に　言って　ください。どこでも　連
　　　れて　行きますよ。」
　　B「ありがとう　ございます。」
　　1　あると　　　　　　2　あれば　　　　3　あっても　　　4　あるので

8 A「お先に　失礼します。」
　　B「はい。あしたは　だいじな　会議が　あるから、絶対に（　　　）。」
　　1　寝坊するなよ　　2　寝坊するかい　3　寝坊するさ　　4　寝坊するのだ

9 A「うちの　お母さんは　毎日　お父さんが（　　　）起きて　待って　いま
　　　す。」
　　B「えらいですねえ。」
　　1　帰って　くるまでに　　　　　　2　帰って　くるまで
　　3　帰って　くると　　　　　　　　4　帰って　くるし

10 A「まだ　電気が　ついて　ますね。」
B「じむしょに　誰か（　　　）です。」
1　いるみたい　　　2　いること　　　3　いるほど　　　4　いられる

11 A「この　スカートを　金曜日までに　なおして　いただけませんか。」
B「木曜日には（　　　）よ。」
1　できやすい　　　2　できます　　　3　できて　おく　4　できにくい

12 A「公園が　近くて　いいですね。」
B「ええ、朝　5時ぐらいに　なると、木の　上で　小鳥が（　　　）ます。」
1　鳴きおわり　　　2　鳴くばかり　　　3　鳴きはじめ　　　4　鳴きたがり

13 A「10年　以上も（　　　）ステレオが　とうとう　壊れて　しまいました。」
B「もう　なおらないのですか。」
1　使う　　　　　　2　使った　　　　3　使うよう　　　4　使ったの

14 A「大学を　卒業したら、どう　しますか。」
B「（　　　）に　決めました。」
1　留学する　　　　2　留学するの　　　3　留学した　　　4　留学する　こと

15 A「いままで、じゅうどうの　しあいで　お兄ちゃんに（　　　）ことが　ありません。
B「強いんですね、お兄さん。」
1　勝つ　　　　　　2　勝つの　　　　3　勝った　　　　4　勝ったの

もんだい2 應考訣竅

　　問題2是「部分句子重組」題，出題方式是在一個句子中，挑出相連的四個詞，將其順序打亂，要考生將這四個順序混亂的字詞，跟問題句連結成為一句文意通順的句子。預估出5題。

　　應付這類題型，考生必須熟悉各種日文句子組成要素（日語語順的特徵）及句型，才能迅速且正確地組合句子。因此，打好句型、文法的底子是第一重要的，也就是把文法中的「助詞、慣用型、時態、體態、形式名詞、呼應和接續關係」等等弄得滾瓜爛熟，接下來就是多接觸文章，習慣日語的語順。

　　問題2既然是在「文法」題型中，那麼解題的關鍵就在文法了。因此，做題的方式，就是看過問題句後，集中精神在四個選項上，把關鍵的文法找出來，配合它前面或後面的接續，這樣大致的順序就出來了。接下再根據問題句的語順進行判斷。這一題型往往會有一個選項，不知道放在哪個位置，這時候，請試著放在最前面或最後面的空格中。這樣，文法正確、文意通順的句子就很容易完成了。

　　　　　　　最後，請注意答案要的是標示「★」的空格，要填對位置喔！

もんだい2 ＿＿＿★＿＿ に 入る ものは どれですか。1・2・3・4
　　　　　　　から いちばん いい ものを 一つ えらんで ください。

（問題例）

＿＿＿＿＿ ＿＿＿＿＿ ＿＿＿★＿＿ ＿＿＿＿、もう 一度 確認します。

　1 翻訳　　　2 すべて　　　3 から　　　4 して

（答え方）

1　正しい 文を 作ります。

＿＿＿＿＿ ＿＿＿＿＿ ＿＿＿★＿＿ ＿＿＿＿、もう 一度 確認します。
2 すべて　1 翻訳　　4 して　　3 から

2　＿＿★＿＿ に 入る 番号を 黒く 塗ります。

　　　　　　　　（かいとうようし）　　| （例） | ① ② ③ ❹ |

1 A「もう　一度　洗いましょうか。」

B「＿＿＿＿＿　＿＿＿＿＿　＿＿★＿＿　＿＿＿＿＿、何回も　洗わなくても
　　いいですよ。

1　いない　　　　　2　そんなに　　　3　から　　　　　4　汚れて

2 A「どこに　行くんですか。」

B「公園は　いっぱいだったので、＿＿＿＿＿　＿＿＿＿＿　＿＿★＿＿
　　＿＿＿＿＿ことに　なりました。

1　まで　　　　　　2　テニスコート　3　となり町の　　4　行く

3 ＿＿＿＿＿　＿＿＿＿＿　＿＿★＿＿　＿＿＿＿＿　つもりです。

1　勉強する　　　　2　では　　　　　3　大学　　　　　4　物理を

4 いつも　主人が　＿＿＿＿＿　＿＿＿＿＿　＿＿★＿＿　＿＿＿＿＿　おきます。

1　までに　　　　　2　帰って　くる　3　お風呂を　　　4　沸かして

5 ＿＿＿＿＿　＿＿＿＿＿　＿＿★＿＿　＿＿＿＿＿、だんだん　自信が　なくなっ
て　きます。

1　負けて　　　　　2　ばかり　　　　3　試合で　　　　4　いると

「文章的文法」這一題型是先給一篇文章，隨後就文章內容，去選詞填空，選出符合文章脈絡的文法問題。預估出5題。

　做這種題，要先通讀　文，好好掌握文章，抓住文章中一個或幾個要點或觀點。第二次再細讀，尤其要仔細閱讀填空處的上下文，就上下文脈絡，並配合文章的要點，來進行選擇。細讀的時候，可以試著在填空處填寫上答案，再看選項，最後進行判斷。

　由於做這種題型，必須把握前句跟後句，甚至前段與後段之間的意思關係，才能正確選擇相應的文法。也因此，前面選擇的正確與否，也會影響到後面其他問題的正確理解。

　做題時，要仔細閱讀 ☐ 的前後文，從意思上、邏輯上弄清楚是順接還是逆接、是肯定還是否定，是進行舉例說明，還是換句話說。經過反覆閱讀有關章節，理清枝節，抓住關鍵之處後，再跟選項對照，抓出主要，刪去錯誤，就可以選擇正確答案。另外，對日本文化、社會、風俗習慣等的認識跟理解，對答題是有絕大助益的。

もんだい3 　1 から　5 に　何を　入れますか。1・2・3・4から　いちばん　いい　ものを　一つ　えらんで　ください。

　つぎの　文章は　伊藤さんが　お母さんの　ことを　書いた　ものです。

　私の　お母さんは　60歳に　なったので、30年間　はたらいた　かいしゃ 　1 やめました。はたらいて　いた　時は、毎日　朝　5時　に起きて　おべんとうを　作ってから、会社に　行って　いました。家に　帰って　きても　ちょっと　休む　だけで、洗濯したり、料理したり　いつも　忙しそうに　して　いました。1日　24時間では　2 と　よく　いって　いました。私も　たまに　家の　ことを　てつだいましたが、だいたい　お皿を　3 。

お母さんは　かいしゃを　やめてから　やっと　自分の　時間が　できた
と　いって　います。最近は　体の　ために　うんどうを　はじめました。
　4　、新しい　しゅみが　いろいろ　できたようです。タオルで　にんぎょ
うを　つくって、近所の　子どもに　あげたり、おどりを　習いに　いった
り　して　います。むかし　より　元気に　なったと　おもいます。さっき
ブドウで　ジャムを　作ると　いって、いろいろと　5　。こんな　ははを
見ると　私も　嬉しく　なります。

1

1　は　　　　　　　2　に　　　　　　3　を　　　　　　4で

2

1　時間が　たりる　　　　　　　　2　時間が　たりた

3　時間が　たりない　　　　　　　4　時間が　たりなかった

3

1　洗うだけでした　　　　　　　　2　洗うだけでしょう

3　洗って　いました　　　　　　　4　洗って　いる

4

1　ほかにも　　　　　2　ところで　　　　3　しかし　　　　4　ほら

5

1　準備を　して　います　　　　　2　準備を　して　いました

3　準備が　あります　　　　　　　4　準備が　します

もんだい1　（　　　）に　何を　いれますか。1・2・3・4から　い
　　　ちばん　いいものを　一つ　えらんで　ください。

1 A「きのう　アメリカの　みなみで　大きな　じしんが（　　　）です
　　　よ。」
　　B「こわいですねえ。」
　　1　あったらしい　　2　あるらしい　　3　あるはず　　4　あったつもり

2 A「伊藤さんが　交通事故に（　　　）と　聞きましたが…」
　　B「ええ、でも　ひどい　けがでは　ありませんでした。」
　　1　あう　　　　　　2　あった　　　　3　あっている　　4　あうかどうか

3 A「すみません、おつりが　でて　こないのですが。」
　　B「この　白い　ボタンを（　　　）出て　きますよ。」
　　1　押すなら　　　　2　押すので　　　3　押しても　　4　押すと

4 A「きゅうりょうを（　　　）、すぐに　デパートで　20万円も　買い物し
　　　て　しまいました。」
　　B「そんなに　使ったんですか！」
　　1　もらうより　　　2　もらって　　　3　もらうので　　4　もらうのに

5 A「どんな　部屋を　探して　いますか。」
　　B「お金が（　　　）部屋が　小さいとか、エレベーターが　ないとかは
　　　気に　しません。」
　　1　ありますので　　　　　　　　　2　あるなら
　　3　ありませんので　　　　　　　　4　あったら

6 A「パンが（　　　）までに 部屋の そうじを おわらせて おきましょうよ。」

B「じゃ、そう しようか。」

1　焼ける　　　　　2　焼く　　　　　3　焼き　　　　4　焼いた

7 A「ゆうかちゃん、好きな 本を 持って おいで。何か（　　　）あげるよ。」

B「わ〜い、じゃあ これに する。」

1　読み　　　　　2　読む　　　　　3　読んだ　　　　4　読んで

8 A「今日の 朝は おなかが 痛かったので、ご飯を（　　　）家を 出ました。」

B「今も 痛いんですか。」

1　食べにくい　　　2　食べたまま　　3　食べない　　4　食べずに

9 A「まだ 帰らないのですか。」

B「早く（　　　）ですが、まだ 仕事が 終わりませんから。」

1　帰るはず　　　　2　帰りたい　　　3　帰ること　　4　帰りたがる

10 A「よしおくん、初めての どうぶつえんは（　　　）」

B「すごく 楽しかったよ！」

1　どう　だったかい　　　　　　　2　どう　だったとか

3　どう　だっただろう　　　　　　4　どう　だっただい

11 A「皆さん、校長先生に　何か（　　　）は　ありますか。」
　　B「はい、僕あります！」

　1　うかがいたい　こと　　　　　　　2　いただきたい　こと
　3　さしあげたい　こと　　　　　　　4　くださりたい　こと

12 A「むすめの　誕生日プレゼントを（　　　）、ちょっと　出かけて　きます。」
　　B「いって　らっしゃい。」

　1　買うために　　　　2　買うなら　　　　3　買っても　　　　4　買うと

13 A「何に　なさいますか。」
　　B「じゃあ、私は　あたたかい　コーヒーに（　　　）。」

　1　あります　　　　　2　します　　　　3　くださいます　4　もらいます

14 A「昨日　何回か　電話しましたが、誰も（　　　）でしたよ。」
　　B「おかしいですねえ。」

　1　出ません　　　　2　出ます　　　　3　出ない　　　　4　出ないらしい

15 A「お兄ちゃんが（　　　）教科書や　ペンを　くれました。」
　　B「よかったね。」

　1　いる　　　2　いらなくなった　　　3　いるの　　　4　いなかった

もんだい2 ＿＿＿★＿＿に 入る ものは どれですか。1・2・3・4
から いちばん いい ものを 一つ えらんで ください。

（問題例）

＿＿＿＿ ＿＿＿＿ ＿★＿＿ ＿＿＿＿、もう 一度 確認します。

　1 翻訳　　　2 すべて　　　3 から　　　4 して

（答え方）

1　正しい 文を 作ります。

＿＿＿＿ ＿＿＿＿ ＿＿★＿＿ ＿＿＿＿、もう 一度 確認します。
　2 すべて　1 翻訳　　4 して　　　3 から

2　＿★＿＿に 入る 番号を 黒く 塗ります。

（かいとうようし）　　（例）　① ② ③ ●

1　A「調子は どうですか。」
　　B「おかげさまで ＿＿＿＿ ＿＿＿＿ ＿★＿＿ ＿＿＿＿。」
　1 退院して　　　2 なりました　　3 歩けるように　4 自分で

2　A「どれぐらい 時間が かかりそうですか。」
　　B「そんなに 難しく ないので、＿＿＿＿ ＿＿＿＿ ＿★＿＿ ＿＿
　　　＿と思います。
　1 ぐらいで　　　2 1時間　　　3 できる　　　4 だろう

3 A「新しいのが　ほしいなあ。」

　　 B「今　使って　いるのが　壊れて　いないなら、＿＿＿　＿＿＿　＿＿★＿＿

　　　　＿＿＿。」

　1　必要は　　　　　 2　買う　　　　　 3　新しいのを　 4　ありません。

4 A「この　＿＿＿＿　＿＿＿＿　＿＿★＿＿　＿＿＿＿　かまいませんか。」

　　 B「ええ、かまいませんよ。」

　1　ことを　　　　　 2　ほかの　　　　 3　人に　　　　 4　話しても

5 A「仕事で＿＿＿＿　＿＿＿＿　＿＿★＿＿　＿＿＿＿ くださいね。」

　　 B「じゃあ、今日は　もう　ねます。」

　1　いる　　　　　　 2　疲れて　　　　 3　なら　　　　 4　無理しないで

もんだい3　　1　から　　5　に　何を　入れますか。1・2・3・4から
　　　　　いちばん　いい　ものを　一つ　えらんで　ください。

　　つぎの　文章は、鈴木さんが　家族の　ことに　ついて　書いた
ものです。

　　私の　家では　テレビを　見る　時間　1　だいたい　きまって　い
ます。まず、朝は　テレビを　つけません。ラジオか　おんがくを
　2　、ご飯を　食べます。おじいちゃんと　おばあちゃんは　私が　学
校に　行ってから、テレビを　　3　。お父さんは　まいあさ　30分ぐ
らい　しんぶんを　読みますが、テレビは　見ないで　会社に　行きま
す。

　　私は　学校から　帰ると　すぐに　しゅくだいを　します。　4　友
達と　遊んだり　ピアノの　練習を　したり　します。弟は　まだ　よ
うちえんですから、しゅくだいは　ありません。おじいちゃんと　公園
に　行ったり、おもちゃで　遊んだり　して　います。ときどき　いっ
しょに　　5　。7時ぐらいに　お母さんが　仕事から　帰ってきて、夕
御飯を　作ります。お母さんが　ご飯を　作って　いる　間　私と　弟
は　いっしょに　30分の　番組を　二つ　楽しみます。お父さんは　ご
飯を　食べて、お風呂に　入ってから、ニュースを　見ます。

1

1 は   2 に   3 を   4 が

2

1 聞くかどうか   2 聞きながら
3 聞いたとき   4 聞くところ

3

1 見て　おきます   2 見るでしょう
3 見たがります   4 見るそうです

4

1 じゃあ   2 ところで   3 しかし   4 それから

5

1 遊ぶ　ことも　あります   2 遊ぶ　ことに　します
3 遊ぶらしいです   4 遊んだところです

もんだい1　（　　　）に　何を　いれますか。1・2・3・4から　い
　　　　　ちばん　いいものを　一つ　えらんで　ください。

1　A「たいしかんの　前で　田中さんと（　　　）なって　います。」
　　B「それで、何時に　行きますか。」
　1　会うつもりに　　2　会って　いく　3　会うらしい　　4　会う　ことに

2　A「コンピュータが　こわれたので、お父さんに（　　　）ました。
　　B「じゃあ、新しいのを　買わなくても　いいですね。」
　1　直して　あげ　　　　　　　　2　直して　もらい
　3　直して　くれ　　　　　　　　4　直して　やり

3　A「今日は　すごい　人でしたね。」
　　B「そうですか？私が（　　　）電車は　込んで　いませんでしたよ。」
　1　乗る　　　　　　2　乗っている　　3　乗った　　　　4　乗りにくい

4　A「みなさん（　　　）どうぞ　たくさん　召し上がって　ください。」
　　B「それじゃあ、遠慮なく　いただきます。」
　1　遠慮して　　　　2　遠慮せず　　　3　遠慮し　　　4　遠慮すれば

5　A「しょうがっこう　1年生（　　　）、まだ　ひらがな　書けません。」
　　B「そうですよね。」
　1　ですから　　　　2　でも　　　　　3　なのに　　　4　が

6　A「さらいしゅうの　パーティーは　女性でも　男性でも　参加できます。」
　　B「わたしも（　　　）かな。」
　1　行って　おこう　　　　　　　　2　行って　みよう
　3　行って　もらおう　　　　　　　4　行って　しまおう

7 A「何を　しらべて　いるのですか。」
　　B「とうきょうの　人口が　どれぐらい（　　　）を　しらべて　います。」
　　1　いるな　　　　　　2　いるか　　　　　3　いるの　　　　　4　いると

8 A「ゆりちゃんも　教室に　いましたか。」
　　B「ええ、私が　教室に　はいったとき、ちょうど　雑誌を（　　　）よ。」
　　1　読んで　います　　　　　　　　2　読むところです
　　3　読みはじめます　　　　　　　　4　読んで　いました

9 A「化学の　もんだいは　難しかったですか。」
　　B「はい、すごく　難しかったです。できるまでに　20分も（　　　）。」
　　1　かかるはずです　　　　　　　　2　かかる　かもしれません
　　3　かかりました　　　　　　　　　4　かかるほどです

10 A「（　　　）子供たちは　ぜんぜん　言うことを　聞きません。」
　　B「じゃあ、私からも　言って　みましょう。」
　　1　注意したから　　　2　注意したのに　　　3　注意したので　　4　注意したと

11 A「また　病院に　行ったんですか。」
　　B「ええ、（　　　）行きました。」
　　1　注射するそうで　　　　　　　　2　注射するために
　　3　注射したら　　　　　　　　　　4　注射すれば

12 A「動物園は　この　近くですか。」
　　B「友達の　はなしに　よると、もっと（　　　）です。」
　　1　遠いつもり　　　2　遠いばかり　　　3　遠いはず　　　4　遠いだろう

13 A「お父さんと　お母さんの　どちらに（　　　）か。」
　　B「私は　おかあさんに　とても（　　　）」。
　1　似ます　　　　　　　　　　　　　2　似て　います
　3　似て　いました　　　　　　　　　4　似たです

14 A「食べられない　ものが　ありますか。」
　　B「きらいな　食べものは　ありませんので、（　　　）おいしく　いただ
　　　きます。」
　1　何の　　　　　　　2　何も　　　　　　3　何とか　　　　4　何でも

15 A「おたくの　お嬢さんは　いつから　しょうがっこうに（　　　）。」
　　B「来年からです。」
　1　入りますか　　　　　　　　　　　2　入って　みますか
　3　入って　おきますか　　　　　　　4　入って　しまいます

もんだい2 _____ ★ _____ に 入る ものは どれですか。1・2・3・4
　　　　　　から いちばん いい ものを 一つ えらんで ください。

(問題例)

_____ _____ ＿＿★＿＿ _____、もう 一度 確認します。

　1 翻訳　　　　2 すべて　　　　3 から　　　　4 して

(答え方)

1　正しい 文を 作ります。

_____ _____ ＿＿★＿＿ _____、もう 一度 確認します。

2 すべて　1 翻訳　　4 して　　3 から

2　＿＿★＿＿に 入る 番号を 黒く 塗ります。

　　　　　　　　　　　　　　　　　（かいとうようし）　| （例） | ① ② ③ ❹ |

1　A「_____ _____ ＿＿★＿＿ _____ いただけますか。」
　　B「どうぞ ご自由に。」

　1 させて　　　　2 拝見　　　　3 そこの　　　　4 しりょうを

2　A「それで、ご主人にも 会えたの？」
　　B「_____ _____ ＿＿★＿＿ _____、彼女の ご主人が 帰って
　　　きました。」

　1 した　　　　　　　　　　　　2 ちょうど
　3 失礼しようと　　　　　　　　4 時に

3 A「どうぞ　こちらの ＿＿＿＿＿ ＿＿＿＿＿ ＿★＿＿ ＿＿＿＿＿ くださ
　　　い。」

　　B「失礼いたします。」

　1　お待ち　　　　2　鈴木が　　　　3　来るまで　　4　応接間で

4 A「どうしたんですか？」

　　B「＿＿＿＿＿ ＿＿＿＿＿ ＿★＿＿ ＿＿＿＿＿ 痛いんです。」

　1　たくさん　　　2　きのう　　　　3　走ったので　　4　体が

5 A「先生は　何を　して　らっしゃいましたか。」

　　B「私が　ついた時、＿＿＿＿＿ ＿＿＿＿＿ ＿★＿＿ ＿＿＿＿＿ でし
　　　た。」

　1　きれいに　　　　　　　　　　2　ところ

　3　片づけて　いる　　　　　　　4　研究室を

もんだい3 ☐1 から ☐5 に 何を 入れますか。1・2・3・4から
いちばん いい ものを 一つ えらんで ください。

　つぎの　文章は、花さんが　アルバイトに　ついて　書いた　ものです。

　夏休みに　なったら、アルバイトを　しようと　考えて　います。こう
こうせいの　時 ☐1 デパートと　レストランで　アルバイトを　したこ
とが　ありますが、りょうほうとも　1年も　つづきませんでした。今回
は　よく　考えたいと　思って　います。

　最近に　なって、しょうらいは　しんぶんしゃで　☐2 考えるように
なりました。大学で　せかいの　せいじに　関係する　じゅぎょうを
とって　いるから　かもしれません。とくに　しゃかいや　せいじの　も
んだいに　興味が　あります。むかしは　テレビを　見る　ばかりで、新
聞は　ほとんど　読みませんでしたが、いまでは　新聞を　読まずに　家
を　☐3 ありません。自分でも　びっくりするぐらい　変わったと　思い
ます。

　しかし　わたしは　しんぶんしゃの　しごとに　ついて　あまり　知り
ません。☐4 、機会が　あれば　この　夏休みに　アルバイトを　して
自分の　目で　どんな　仕事か　見て　みたいと　思います。もし　しょ
うらい　しんぶんしゃで　はたらく　ことに　☐5 じゅうぶん　いい
勉強と　経験に　なるだろうと　思います。

1

  1 で   2 に   3 が   4 なら

2

  1 働きたいと

  2 働いて　しまうと

  3 働いて　おくと

  4 働いて　くると

3

  1 出る　はずは

  2 出る　ことは

  3 出る　ように

  4 出て　くるは

4

  1 それに   2 しかし   3 ところで   4 ですから

5

  1 ならなくても

  2 なるほど

  3 なりたがっても

  4 なられても

第一回

問 I

1 2	**2** 1	**3** 2	**4** 3	**5** 4
6 1	**7** 1	**8** 2	**9** 3	**10** 3
11 1	**12** 2	**13** 4	**14** 4	

問 II

1 4	**2** 1	**3** 3	**4** 2	**5** 4

問題 III

1 3	**2** 4	**3** 4	**4** 3	**5** 4

第二回

問 I

1 4	**2** 2	**3** 2	**4** 1	**5** 4
6 3				

問 II

1 3	**2** 2	**3** 4	**4** 4	**5** 2
6 1	**7** 3	**8** 4		

問題 III

1 4	**2** 2	**3** 4	**4** 2	**5** 3
6 2	**7** 3	**8** 3	**9** 1	**10** 2

第三回

問 I

| 1 | 3 | 2 | 3 | 3 | 3 | 4 | 4 | 5 | 4 |
| 6 | 2 | 7 | 4 | 8 | 1 | 9 | 3 | 10 | 3 |

問 II

1	4	2	3	3	3	4	1	5	4
6	4	7	4	8	3	9	3	10	2
11	4	12	3						

問題 III

1	3	2	3	3	2	4	2	5	2
6	2	7	2	8	3	9	2	10	1
11	3	12	3	13	4	14	4	15	2
16	2	17	2	18	3	19	2	20	2
21	2	22	4						

第四回

問 I

| 1 | 3 | 2 | 3 | 3 | 1 | 4 | 1 | 5 | 2 |
| 6 | 4 | 7 | 4 | 8 | 4 | 9 | 4 | 10 | 2 |

問 II

1	2	2	3	3	1	4	4	5	4
6	4	7	3	8	3	9	3	10	3
11	2	12	4						

問題 III

1	2	2	2	3	2	4	3	5	4
6	4	7	3	8	1	9	2	10	3
11	3	12	1						

動詞變化答案

◆ 被動形 P61

踏む	踏まれる	運ぶ	運ばれる	直す	直される	思う	思われる
招待する	招待される	走る	走られる	かける	かけられる	知る	知られる
考える	考えられる	笑う	笑われる	呼ぶ	呼ばれる	待つ	待たれる
使う	使われる	邪魔する	邪魔される	売る	売られる	弾く	弾かれる
比べる	比べられる	話す	話される	もらう	もらわれる	払う	払われる

◆ 敬語表現 P64

1. C
2. D
3. C
4. A
5. C

◆ 使役形 P75

読む	読ませる	辞める	辞めさせる	説明する	説明させる	予約する	予約させる
入る	入らせる	失くす	失くさせる	覚える	覚えさせる	考える	考えさせる
遊ぶ	遊ばせる	消す	消させる	集める	集めさせる	貸す	貸させる
歩く	歩かせる	笑う	笑わせる	切る	切らせる	迎える	迎えさせる
曲げる	曲がらせる	止まる	止まらせる	掃除する	掃除させる	捨てる	捨てさせる

◆ 使役被動形 P78

作る	作らせられる	届ける	届けさせられる	失くす	失くさせられる	する	させられる
かける	かけさせられる	吸う	吸わせられる	なる	ならせられる	閉める	閉めさせられる
食べる	食べさせられる	わかる	わからせられる	呼ぶ	呼ばせられる	負ける	負けさせられる
見る	見させられる	降りる	降りさせられる	始める	始めさせられる	勝つ	勝たせられる
食事する	食事させられる	やめる	やめさせられる	払う	払わせられる	忘れる	忘れさせられる

◆ 命令形 P82

案内する	案内しろ	回す	回せ	心配する	心配しろ	走って来る	走って来い
歌う	歌え	見せる	見せろ	する	しろ	取る	取れ
勝つ	勝て	教える	教えろ	練習する	練習しろ	動く	動け
降りる	降りろ	捨てる	捨てろ	付ける	付けろ	返す	返せ
遊ぶ	遊べ	入れる	入れろ	曲がる	曲がれ	かぶる	かぶれ

◆ 意向形 P95

思う	思おう	笑う	笑おう	閉める	閉めよう	降りる	降りよう
走る	走ろう	考える	考えよう	待つ	待とう	吸う	吸おう
見せる	見せよう	かける	かけよう	泣く	泣こう	忘れる	忘れよう
取る	取ろう	曲がる	曲がろう	勝つ	勝とう	見物する	見物しよう
教える	教えよう	投げる	投げよう	終わる	終わろう	始める	始めよう

◆ 可能形 P110

送る	送（おく）れる	食事（しょくじ）する	食事（しょくじ）できる	楽（たの）しむ	楽（たの）しめる	切（き）る	切（き）れる
飲（の）む	飲（の）める	出（だ）す	出（だ）せる	買（か）い物（もの）する	買（か）い物（もの）できる	吸（す）う	吸（す）える
聞（き）く	聞（き）ける	終（お）わる	終（お）われる	かける	かけられる	迎（むか）える	迎（むか）えられる
換（か）える	換（か）えられる	走（はし）る	走（はし）れる	出（で）る	出（で）られる	借（か）りる	借（か）りられる
待（ま）つ	待（ま）てる	休（やす）む	休（やす）める	会（あ）う	会（あ）える	怒（おこ）る	怒（おこ）られる

◆ 授受表現 P123

1. D

2. C

3. D

4. B

5. B

第一回

問題 1

1	2	2	4	3	1	4	4	5	2
6	1	7	2	8	1	9	2	10	1
11	2	12	3	13	2	14	4	15	3

問題 2

1	1	2	1	3	4	4	3	5	2

問題 3

1	3	2	3	3	1	4	1	5	2

第二回

問題 1

1	1	2	2	3	4	4	2	5	3
6	1	7	4	8	4	9	2	10	1
11	1	12	1	13	2	14	1	15	2

問題 2

1	3	2	3	3	1	4	3	5	3

問題 3

1	4	2	2	3	4	4	4	5	1

問題1

1 4	2 2	3 3	4 2	5 1
6 2	7 2	8 4	9 3	10 2
11 2	12 3	13 2	14 4	15 1

問題2

1 2	2 1	3 3	4 3	5 3

問題3

1 2	2 1	3 2	4 4	5 1

MEMO

出擊！
日語文法自學大作戰
中階版 Step 2

[25 K＋MP3]

【 日語神器 05 】

■ 發行人／**林德勝**

■ 著者／**吉松由美、西村惠子**

■ 出版發行／**山田社文化事業有限公司**
　地址　臺北市大安區安和路一段112巷17號7樓
　電話　02-2755-7622　02-2755-7628
　傳真　02-2700-1887

■ 郵政劃撥／**19867160號　大原文化事業有限公司**

■ 總經銷／**聯合發行股份有限公司**
　地址　新北市新店區寶橋路235巷6弄6號2樓
　電話　02-2917-8022
　傳真　02-2915-6275

■ 印刷／**上鎰數位科技印刷有限公司**

■ 法律顧問／**林長振法律事務所　林長振律師**

■ 書＋MP3／**定價　新台幣 299 元**

■ 初版／**2018年 10 月**

© ISBN : 978-986-246-514-1
2018, Shan Tian She Culture Co. , Ltd.

STS

山田社